GIORNI DIFFICILI

I Western Di Reuben Cole Libro 3

STUART G. YATES

Traduzione di
MARCELLA DI CINTIO

CAPITOLO UNO

APACHE

Li hanno portati dentro, quattro uomini, legati, con la testa china mentre attraversavano i cancelli del forte. Apache. Nessuno si voltò né reagì ai molti commenti derisori e agli sberleffi dei civili in fila per guardarli. Alcuni dei cavalleggeri che formavano la scorta dei prigionieri ridevano. Cole lanciò un'occhiata tagliente all'ufficiale in carica. "Faccia stare zitti i suoi uomini, tenente!"

Il giovane si voltò, con vergogna, e abbaiò l'ordine ai suoi uomini. Scontenti, i soldati caddero a poco a poco nel silenzio, ma i loro sguardi di scherno continuarono.

Cavalcando a fianco di Cole, il giovane soldato che era andato nelle pianure per rintracciare gli indiani dall'aspetto eterogeneo, si chinò più vicino. "Signor Cole, non sono sicuro che dovremmo inimicarci qualcuno dei miei colleghi soldati. Se accenniamo a una qualche simpatia per questi selvaggi, è probabile che più tardi mi imbatterò in qualche malumore nella baracca."

"Simpatia?" Gli occhi di Cole divennero scuri. "Questi ragazzi sono stati strappati dalle loro case e costretti a marciare attraverso miglia di boscaglia verso una riserva che non assomiglia a nulla di ciò che hanno conosciuto. Non li biasimo per essere evasi. Ma sparare alle guardie, quello è stato un errore."

"Ed è per questo che saranno impiccati."

"Credo di sì, se riescono a provarlo."

"Accadrà sicuramente."

"A meno che l'odio e il sospetto non si mettano in mezzo. Dobbiamo essere sicuri, perché se non lo siamo, potrebbero esserci dei problemi. Ci sono ancora bande vaganti di Kiowa e Comanche là fuori e non voglio pensare a cosa potrebbero fare se agissimo troppo in fretta. Inoltre", Cole si girò sulla sella e guardò i tre Apache che camminavano a piedi nudi sul terreno, "non li abbiamo presi tutti. Ce ne sono almeno altri due là fuori."

"Compreso il loro leader, forse?"

Grugnendo, Cole studiò il giovane soldato. "Hai fatto un bel lavoro là fuori, figliolo. Sono impressionato. Come hai detto che ti chiami?"

"Vance", fece un saluto involontario. "Vesto l'uniforme da poco, signor Cole. Sto ancora facendo esperienza sul campo, se la vogliamo mettere così."

"Beh, hai imparato molto in questi ultimi giorni, questo è certo. La prossima volta che ci chiameranno per rintracciare qualcuno, chiederò di te."

Arrossendo, Vance distolse rapidamente lo sguardo, ma non riuscì a sopprimere un sorriso. "Caspita, che complimento. Grazie, signor Cole."

"Sembri istruito, figliolo. Mi chiedo perché un giovane istruito voglia una vita nella Cavalleria degli Stati Uniti, specialmente in questa terra dimenticata da Dio."

"Un sacco di ragioni."

"Beh, non ti farò pressioni, ma ti sono grato, qualunque siano le ragioni." Sorrise prima di allontanare il suo cavallo, facendo segno agli altri soldati che affiancavano gli Apache catturati. "Spostateli verso i ragazzi della prigione e assicuratevi che siano legati bene."

"Non andranno da nessuna parte", disse un caporale dall'aspetto grezzo, ridendo.

"Anche se fosse, non si corrono rischi con tipi così."

Mentre gli indiani passavano, il guerriero capo si fermò e guardò verso Cole. "Tu sei quello che chiamano 'Colui Che Viene'. Essere catturati da te è un onore." Rivolse la sua attenzione agli altri soldati. "Ma vi dico una cosa. Non ci sottometteremo, e porteremo la sofferenza su di voi." Guardò di nuovo Cole. "Vale anche per te, Colui Che Viene."

A bocca aperta, Cole guardò come l'Apache dall'aspetto magro veniva strattonato e spinto verso la piccola prigione del forte.

"Cosa voleva dire?" chiese Vance, strofinandosi il mento, con un pallore mortale che gli cadeva sul viso.

"Non lo so, ma vai a dire al tenente di raddoppiare le guardie stasera, Vance. Giusto per essere sicuri."

Vance si sollevò dalla sella, salutò e con la schiena eretta attraversò la piazza d'armi verso la folla di curiosi che si stava lentamente disperdendo. Dopo aver ascoltato ciò che Vance aveva da dire, il tenente lanciò un'occhiata maligna a Cole, che annuì una volta prima di voltarsi, il suo disagio era crescente.

CAPITOLO DUE

JULIA

Quella sera preparò lo stufato e gli gnocchi, riempiendo il piatto di Sterling Roose fino a farlo quasi traboccare. Cole, seduto di fronte al suo buon amico, rise. "Credi di riuscire a mandarlo giù tutto, Sterling?"

"Credo di sì", disse il filiforme Roose mentre attaccava lo stufato con gusto.

"Accidenti", disse Julia, "sembra che non mangi da un po' di tempo, Sterling. Hai bisogno di nutrirti."

Ridacchiando tra un boccone e l'altro, Roose prese il piatto con i panini vicino a lui e ne strappò uno a metà. "Proprio così, lo ammetto", disse, poi inzuppò il pane nel sugo e lo mandò giù.

"Sterling sta aiutando il vecchio sceriffo Perdew giù a Paradise", disse Cole, con occhi scintillanti di malizia.

"Davvero?" chiese Julia e si sedette, tamponando l'angolo della bocca con un tovagliolo.

"Non ti fa mangiare?"

"Il solito, patate e salsa."

"A ogni pasto?"

Roose annuì senza alzare lo sguardo. "Ogni pasto."

"Sterling vuole diventare sceriffo", disse Cole, concentrato sul pezzo di carne che stava tagliando.

"Non sei felice nell'esercito, Sterling?"

"Abbastanza", disse Roose. "Ma non è più quello di una volta."

"È vero", disse Cole.

"Tu lo sai bene."

Alzò lo sguardo e per un momento i due amici si fissarono l'un l'altro.

"Di cosa stai parlando?" Julia, notando l'atmosfera carica, guardò da uno all'altro. "Cole? Cosa vuole dire?"

Roose rispose per primo. "Le pianure del sud sono ormai quasi tranquille. Entro un anno, due al massimo, anche i Comanche saranno in una riserva, ma ci sono voci di disordini al nord."

"Che tipo di disordini?"

"Sioux e Cheyenne", disse Cole, finalmente vittorioso sulla carne. Si mise in bocca un grosso pezzo e lo masticò con un certo sforzo. "Le grandi tribù delle pianure. Ne hanno avuto abbastanza."

"Ma cosa ha a che fare con noi, qui giù?"

"Non molto." Il viso di Cole si alzò e catturò lo sguardo freddo di Roose. "Forse."

La voce di Julia si ruppe un po' quando spostandosi scompostamente sulla sedia disse: "Mi stai spaventando."

"No, no", disse rapidamente Roose, allungando la mano per accarezzarle l'avambraccio. "Non c'è bisogno di avere paura. Potrebbe solo... diffondersi, ecco tutto, quindi dobbiamo essere pronti."

"Non è detto che succeda", disse Cole, i suoi occhi si posarono sul modo in cui le dita di Roose stringevano il braccio di Julia.

Per il resto del pasto mangiarono in silenzio, gli unici suoni erano quelli delle posate contro le stoviglie, i gemiti soddisfatti e le bocche che masticavano. Quando finirono, Julia raccolse i piatti vuoti e li portò nella piccola cucina prima di tornare con una brocca di pietra. Versò la birra spumosa in tazze scheggiate, prima di sedersi e guardare i due uomini mentre bevevano.

"Allora, dimmi", disse lei. "Quegli Apache che hai portato qui? Saranno impiccati?"

"Quasi certamente", disse Roose, pulendosi la bocca e rimettendosi a sedere sulla sua sedia dallo schienale duro. Dietro di lui il fuoco crepitava e scoppiettava, i ceppi accatastati emanavano un calore intenso, ma confortante. "Credo che sia quello che chiamano 'un caso già chiuso' a causa dei sopravvissuti che testimonieranno."

"Sono sorpresa che a questi selvaggi venga data un'udienza giusta."

"È la legge", disse Cole. Fece un respiro profondo. "Almeno da queste parti."

"Questo grazie a te", disse Roose, con voce piatta. Guardò la sua birra.

"Non solo a me", disse Cole, spostandosi a disagio sulla sua sedia.

Accigliata, Julia guardò da uno all'altro. "Cosa vuole dire, Reuben? Grazie a te? In che senso?"

"Non vuole farlo sapere", disse Roose in fretta, "ma il caro vecchio Reuben ha scritto al presidente Grant pregandolo di rassicurarlo sul fatto che agli indiani sarebbe stato concesso il giusto processo."

"Hai scritto al presidente?" Julia si sedette, stupita.

Cole scrollò le spalle: "Niente di che", disse con voce tranquilla e imbarazzata.

"E cosa ha detto il presidente? Ha risposto?"

"Non a me direttamente, ma il forte ha ricevuto una comunicazione che suggerisce di procedere con cautela. Stanno nascendo problemi al nord e il governo ha paura che si diffondano."

"Sarà così", disse Roose, scolandosi la tazza, "non importa come ci occupiamo di incursioni e simili quaggiù."

"Incursioni? Sterling, questa è la loro terra. Hanno vissuto qui per migliaia di anni. Noi siamo arrivati e abbiamo preso quello che volevamo."

"Non io", disse Roose, arrossendo. "Non ho mai avanzato pretese per l'oro o per qualsiasi altra cosa."

"Non mi riferivo a te personalmente, Sterling! Sai che non era quello che intendevo."

"E anche se fosse, l'oro è una tentazione potente, e gli indiani non ne hanno bisogno, quindi qual è il problema?" Prese una piccola borsa di tela e iniziò a rollarsi una sigaretta.

"Oh, aspetta un momento", disse Julia e saltò in piedi per raggiungere il piccolo cassettone appoggiato al muro accanto alla porta. Tornò con una piccola cassa di legno, la aprì e mostrò due sigari sottili e neri. "Li ho presi al negozio. Ho pensato che potessero piacervi." Ne porse uno a Roose, che lo guardò con occhi spalancati.

"Che ospitalità", disse Cole, prendendo il sigaro che Julia gli offrì e lo fece roteare sotto il naso. "Ha un buon odore, Julia."

"Ho pensato di fare un piccolo regalo, visto che sei tornato sano e salvo."

Dopo aver acceso il suo sigaro, Roose si chinò dall'altra parte e, stringendo le mani per proteggere la fiamma del fiammifero da una brezza inesistente, accese anche quello di Cole. "Sembra che lo faccia con una certa regolarità."

"Beh,", allungò la mano e strinse il braccio di Cole, "è bello averti qui. C'è un sacco di lavoro da fare e quei cavalli hanno bisogno di correre un po'."

"Me ne occuperò domattina." Lui colse il suo sguardo e ridacchiò: "Va bene, *ci penseremo* domattina!"

Risero tutti, Julia sembrava un po' sollevata. "Preparo il caffè."

Guardandola uscire dalla stanza, Roose sorrise mentre sbuffava il suo fumo. "È bellissima."

"È vero."

"Eppure..." Si chinò più vicino, abbassando la voce.

"Se posso dirlo, vecchio mio, non sembri... troppo disposto."

"Questo perché non lo sono."

Roose si accigliò. "Ma pensavo..."

"Non è mai stata mia intenzione avere una relazione, Sterling. Né la sua, immagino."

"Penso che tu ti stia sbagliando, Cole. È leale, premurosa. Persino devota, si potrebbe dire."

"Il mio unico pensiero era di proteggerla fino al momento in cui si sarebbe sentita in grado di andare avanti."

"Stai scherzando? Non troverai mai un'altra come lei."

"Potresti avere ragione, ma non potrei mai chiedere a nessuno di condividere la mia vita in questo momento, non per come stanno le cose. Sai quanto è pericoloso là fuori."

"Sì, ma... se lei è disposta a correre il rischio, a stare con te, ad assicurarsi che tu non faccia niente di troppo stupido, perché non permetterti di..."

Si fermò bruscamente quando il rumore di cavalli che si avvicinavano da oltre la porta d'ingresso si fece sentire.

Cole estrasse rapidamente la pistola dalla fondina appesa allo schienale della sua sedia proprio quando Julia entrò di corsa, con la faccia imbronciata. "Cosa succede?"

"Non lo so", disse Cole mentre Roose tirava giù il fucile a leva Henry dai ganci sopra la porta. "Spegni le luci."

Lo fece, spostandosi prima verso la grande lampada a olio in cima al comò. Seguì quella al centro del tavolo. L'unico bagliore rimasto era quello proveniente dalla cucina.

L'oscurità calò su di loro e Cole andò alla finestra chiusa adiacente alla porta e sollevò la barra di legno. Scrutò nella notte.

Una voce chiamò: "Signor Cole? Sono io, Hyrum Vance. Abbiamo un problema al forte, signore."

Cole si lasciò uscire un respiro lungo e lento. "Va bene, grazie." Si voltò e se non fosse stato per il buio, era sicuro che avrebbe visto Julia torcersi le mani fissandolo.

CAPITOLO TRE

LA FUGA DEGLI APACHE

Durante il viaggio di ritorno al forte, Vance raccontò ciò che era successo.

"Sembra che quelli che non abbiamo trovato siano tornati, si siano arrampicati sui muri e siano entrati nella prigione." Il vento sferzava contro di loro, costringendoli a piegarsi sui loro cavalli. Vance doveva gridare per farsi sentire, ma Cole riuscì a cogliere il succo della storia. Due guardie erano state messe fuori combattimento, ma non uccise, cosa che l'esploratore dell'esercito aveva sottolineato. Comunque, quando arrivarono nella piazza d'armi, il capitano Fleming era in piedi ad aspettare, scuro in volto. Non aveva avuto il tempo di vestirsi e appariva un po' comico in mutande, stivali da cavallo e cappello. Dietro di lui, sdraiati davanti alla prigione, due soldati venivano curati da un subalterno che puliva le loro teste sanguinanti.

"Te la sei presa comoda", ringhiò Fleming, aggrappandosi al cavallo di Cole mentre smontava.

"È colpa mia, signore", disse Vance rapidamente, mettendosi accanto a loro. "Ho cavalcato il più velocemente possibile, ma mi sono perso."

Fleming lo mise a tacere con uno sguardo truce. "Con te me la vedrò dopo, soldato. Adesso, Cole, abbiamo un problema. Vieni nel mio ufficio."

All'interno dell'angusto ufficio, uno degli uomini di Fleming aveva acceso la stufa a legna nell'angolo e sia il capitano che Cole vi si avvicinarono per scaldarsi le mani. "Un bel benvenuto, capitano."

"È solo l'inizio dell'inverno", disse Fleming, "presto sembrerà di morire."

"Forse anche per quegli Apache."

"Voglio che siano catturati, Cole. Tutti quanti, questa volta."

"Li ho sottovalutati", ammise Cole a malincuore. "Non mi sarei mai aspettato che gli altri venissero qui, tanto meno che tentassero un'evasione. Devono essere disperati."

"È quello che ci aspettiamo. Sanno che il cappio li attende." Fleming scosse la testa. "Non capisco perché non abbiano ucciso le guardie. Sono già colpevoli senza ombra di dubbio."

"Forse non la vedono così."

Fleming si voltò, i suoi occhi erano più freddi della notte. "Ti ho già sentito borbottare sui selvaggi, Cole. Mi sembra che tu sia un po' troppo tenero con loro."

"No, signore. Non gli perdono nulla, ma ritengo che la giustizia debba essere resa nel modo adatto."

"Come per noi, vuoi dire? Stronzate!" Si voltò, le spalle tese mentre la rabbia lo prendeva. "Li ho fronteggiati molte volte e l'unica giustizia che capiscono è quella delle pallottole. Quindi, vai là fuori e riportali qui. Vivi o morti, non m'importa."

Cole si voltò per andarsene senza dire una parola.

"Dovresti portare con te l'altro esploratore per andare a colpo sicuro, questa volta. Come si chiama, quello magro?."

"Sterling Roose, capitano. Gli ho chiesto di restare al mio ranch, per sicurezza."

"In caso di cosa?"

"Mi conoscono. Chissà cosa potrebbero fare quando

cominceranno a uccidere... cosa che succederà, immagino."

"Non ti entusiasma questa missione, vero Cole?"

"Per come la vedo io, quei ragazzi cercheranno di scendere in Messico e non li vedremo mai più. Ma se cominciamo a far scendere l'ira di Dio sulle loro teste, potrebbero ripagarci con la stessa moneta."

"Hanno ucciso una guardia nella riserva. Devono essere portati qui per essere puniti."

"Mi chiedo se saremmo ugualmente disperati nel vedere la giustizia servita se la guardia fosse stata Kiowa."

Fleming emise un respiro. "Vattene, Cole, sono stufo delle tue sciocchezze ipocrite. E inoltre, ho deciso di venire con te."

Gli occhi di Cole si allargarono. "Per farmi da balia, capitano?"

"Per assicurarmi che tu faccia ciò che è richiesto, Cole. Ti stai rammollendo."

Uscendo nella notte, Cole camminò fino a dove Vance si trovava, accanto ai cavalli. Il giovane soldato si mise rigidamente sull'attenti. "Partiamo subito, signor Cole?"

"Appena il buon capitano è pronto, sì."

"Oh." Vance guardò la luce che ardeva nella finestra dell'ufficio di Fleming. "Immagino che questo significhi che porteremo con noi un'intera truppa. Ci vorrà un po' di tempo per prepararla."

"Pare di sì, e più ritardiamo più quegli Apache si allontanano." Scosse la testa. "Julia non sarà contenta, lo so."

"Signor Cole", disse Vance con voce torva, "nessuno di noi sarà felice."

CAPITOLO QUATTRO

ARRIVO

Era il tardo autunno del settantacinque, circa tre mesi prima della fuga degli Apache, quando un giovane uomo, alto e, entrò a cavallo nella città di Paradise con l'intento di commettere un omicidio. Legò il suo cavallo fuori dal *Parody Hotel and Saloon*, calciò gli stivali polverosi contro i gradini dell'ingresso e si fece strada attraverso le porte ad ali di pipistrello, proprio mentre Sarah Lamprey stava uscendo. Con il viso arrossato, tutta vestita di nero e una cuffia viola scuro con parasole abbinato, fissò l'uomo, fermandolo.

"Buon pomeriggio, signora", disse, togliendo il cappello.

Ignorandolo, Sarah Lamprey sbuffò e andò in strada, mentre gli occhi del giovane seguivano la sua figura a clessidra.

"Non ha senso che tu faccia certi pensieri", disse una voce. Il giovane si voltò e vide un uomo grosso e sbandato appoggiato alle porte a battente, le braccia incrociate sul petto risaltavano gli avambracci enormi. Sorrise. "Non è una da corteggiare."

"Non ho nemmeno..."

"Ah, cavolo, certo che no." Sorridendo, fece un passo indietro e aprì le porte, facendo segno al giovane straniero di entrare.

Lo straniero osservò l'interno, pieno di uomini avvolti in spessi cappotti, cappelli e sciarpe, un fumo marrone saliva dai loro corpi per mescolarsi al fumo acre di numerose sigarette, sigari e pipe. Le loro voci rimbombavano basse, come il rombo di una locomotiva lontana.

Non passò molto tempo prima che ottenesse le informazioni di cui aveva bisogno. Un individuo socievole e di bell'aspetto, i capelli biondi si posavano su uno dei suoi occhi blu cristallino, dandogli un aspetto da ragazzo. Il mento liscio, le labbra carnose e il naso aquilino contribuivano ai suoi bei lineamenti. Sapeva abbastanza bene l'effetto che aveva su coloro a cui parlava. Ammaliato, il suo pubblico si fidava di lui e non aveva possibilità di scelta.

Cavalcando verso il *Celestial Ranch* di proprietà di Francis Rancine, un ricco allevatore di bestiame i cui affari erano fiorenti, il giovane si presentò al corpulento signore seduto dietro un grande tavolo, con gli occhi che scrutavano da sotto le sopracciglia folte e cespugliose, studiando e sezionando lo straniero prima di parlare. "Sto cercando delle braccia", disse, "ma tu non sembri proprio un cowboy, figliolo."

"No signore, sono più un tipo da lavori saltuari, rammendo, aggiusto e cose simili."

"Beh, abbiamo un sacco di lavoro da fare." Lanciò un'occhiata al suo aiutante, la faccia accigliata diceva al giovane che si trattava di qualcuno che avrebbe avuto bisogno di essere convinto.

"Per favore, tutto quello che chiedo è una possibilità. Lavorerò gratis se è quello che serve."

"Sembra che tu sia disperato, figliolo", disse il capo, il suo sguardo sempre fisso. "Forse stai scappando da qualcosa... o da qualcuno."

"No, signore, non è affatto così. Ho solo bisogno di un nuovo inizio. Ho perso mia madre e mio padre circa sei mesi fa e... beh, ad essere onesti, ci sono troppi ricordi nella mia città natale. Ho bisogno di ricominciare, di costruirmi una nuova vita."

"Quindi non sei un ricercato?"

"No, signore. Lo giuro sulla tomba della mia cara mamma." Per dare credito alle sue parole, alzò la mano destra: "Dio mi è testimone, io non..."

"Va bene, figliolo", interruppe Rancine, "non devi darci altre spiegazioni." Guardò di nuovo l'accusatore: "Una settimana di prova andrà bene, Hank."

"Non credo", disse Hank, infilandosi i pollici nella cintura, una cintura che conteneva una Colt Peacemaker. "Come hai detto che ti chiami, figliolo?"

"Emmanuel Torrance", disse il giovane, "ma tutti mi chiamano semplicemente Manny."

"Va bene, *Manny*. Seguimi e andiamo alla baracca. Incontrerai alcuni dei ragazzi più tardi."

Assorto nei suoi pensieri, si stese sulla sua branda, con le braccia dietro la testa, aspettando che il sole tramontasse, sapeva che presto i cowboy sarebbero tornati da una lunga giornata nei campi. Con gli occhi spalancati fissò il soffitto, il modo in cui i tronchi d'albero annodati reggevano il tetto, sapeva che era un edificio ben costruito ma che sarebbe bruciato facilmente. Se mai fosse arrivato il momento in cui avrebbe dovuto fuggire, bruciare questo posto sarebbe stato un modo per nascondere la sua partenza. I mandriani sarebbero stati così intenti a spegnere il fuoco che avrebbe potuto sparire senza paura che qualcuno lo inseguisse, almeno non subito. Non che avrebbero saputo dove stava andando, o perché. Shapiro non gli aveva detto che sarebbe andato tutto bene? Non si fidava ciecamente di Shapiro? Certo che sì, e mentre si stendeva sulla branda e fissava il soffitto, la sua mente tornava a quando aveva incontrato l'uomo che gli aveva offerto una via d'uscita da tutte le sue preoccupazioni.

Era rimasto a guardare mentre portavano dentro il sergente Burroughs. Silenzioso come un morto, i suoi occhi non hanno mai tremato mentre lo tiravano giù dalla sella, eppure aveva intravisto Torrance in piedi a due o tre passi. Naturalmente, era Torrance solo per la gente del ranch Rancine. Il suo vero nome era Nolan, soldato di cavalleria, uno dei soldati che Burroughs usava per copertura. Rubava e vendeva cavalli dell'esercito, cosa che faceva da più tempo di quanto si sapesse. Per aiutarlo, aveva arruolato un mix eclettico di soci, compreso il marito di Julia. Erano tutti morti. La maggior parte di loro, comunque. Tranne il sergente Burroughs che avrebbe affrontato il cappio del boia per le sue colpe.

Solo che non l'aveva fatto.

Era fuggito e Nolan, temendo per la sua vita se fosse stato implicato, era scomparso nelle vaste distese dei territori tra Colorado e Utah. Lì si aggirava tra piccole città semideserte, anonime come lui. Aveva cambiato nome e un velo era caduto su di lui, mentre ogni notte sognava lei, Julia Rickman. Non credeva di aver mai visto una donna bella come lei. Tali pensieri lo facevano sentire in qualche modo meglio.

I giorni sembravano interminabili e spietati, fino a quando incontrò Shapiro e ascoltò la sua storia prima di condividere la sua, riguardo l'uomo che aveva cambiato entrambe le loro vite.

CAPITOLO CINQUE

SHAPIRO

Iniziò quasi immediatamente, il giorno in cui lasciò casa. Una decisione facile, dato che aveva appena sparato a suo padre nelle budella con la Colt Paterson del vecchio, una pistola che aveva ereditato da suo padre, che aveva servito nella marina del Texas ai vecchi tempi. Ora, mentre Vernon Shapiro giaceva morente sul pavimento della baita, suo figlio si allontanava, la pistola fumante in una mano che tremava incontrollabilmente. Sentì una lacrima rovente scorrergli sul viso. Sarebbe stata l'ultima volta che avrebbe pianto.

Fin da quando poteva ricordare, Paul Shapiro non provava altro che paura e odio per suo padre. Gli sembrava che se solo avesse respirato nel momento sbagliato, il grande vecchio lo avrebbe colpito pesantemente sull'orecchio. Le percosse divennero una specie di rituale, mentre sua madre guardava e piangeva, ma non faceva nulla per fermare la violenza. Anche ora, mentre Vernon gemeva, stringendo la ferita allo stomaco, lei stava sulla porta, torcendosi le mani, dicendo: "Oh mio Dio, Paulie... Oh mio..."

Dopo l'omicidio, Paul Shapiro si allontanò a cavallo senza dare nell'occhio e presto si trovò in cattiva compagnia, rapinando diligenze insieme a un gruppo di giovani scapestrati la cui propensione alla violenza non conosceva limiti. I Rangers diedero loro la caccia senza pietà e solo Paul e il suo amico Shamus O'Donnell riuscirono a fuggire nel selvaggio territorio del New Mexico. Questo era prima della guerra ma, naturalmente, quel conflitto avrebbe cambiato tutto, certamente per tutti coloro che vi prestarono servizio e sopravvissero.

Per Shapiro, la guerra si dimostrò redditizia oltre ogni immaginazione. Vivendo alla periferia delle grandi città, le notizie gli arrivavano lentamente e le spedizioni di armi attiravano sempre la sua attenzione e presto la Confederazione iniziò a fare buon uso dei suoi talenti. Attaccava i carri di rifornimento dell'esercito dell'Unione ogni volta che poteva, usando una banda di uomini viziosi, ma pieni di risorse, per aiutarlo nelle sue imprese.

Fu durante una pausa nelle operazioni che tutto cambiò per Shapiro. Lui e la sua banda si stavano riposando in un bordello sul confine messicano, bevendo whisky e tequila, il mondo reale lontano dalle loro menti e dalle loro preoccupazioni. La terza mattina, Wilf Penn uscì sulla veranda e si stiracchiò, gemendo di gioia al sentire il sole caldo sul viso. Un proiettile lo colpì alla testa e lui cadde come un sasso, morto prima ancora di capire cosa fosse successo.

Mentre gli altri si alzavano dai loro letti e dal loro letargo, una raffica di proiettili esplose attraverso le sottili pareti di mattoni, nuvole di polvere bianca e frammenti di intonaco rotto schizzarono contro le braccia nude e le facce confuse.

Urlando ai suoi uomini di stare giù, Shapiro, con il giubbotto macchiato di sudore come unico indumento, si precipitò fuori alla luce del giorno, piegato in due, con la Colt Navy in mano, sparava colpi selvaggi alla cieca mentre correva verso il suo cavallo. "Scendete, ragazzi", urlò, lanciando uno sguardo verso la vicina collina e le sagome nere e sbavate di uomini inginocchiati. Almeno una dozzina, forse di più. Soldati, alcune giubbe verdi, e il suo stomaco si rivoltò alla consapevolezza di chi e cosa fossero.

Tiratori scelti. Uomini ben addestrati e talentuosi nell'uso della loro arma preferita, il fucile a retrocarica Sharps. Probabilmente davano la caccia a lui e ai suoi uomini da settimane. Ora erano qui, e a Shapiro non sembrava che stessero per fare prigionieri.

Per sottolineare i suoi pensieri, mentre si sforzava di montare a cavallo, tre dei suoi uomini irruppero dalla porta del bordello, con le pistole che abbaiavano, i tiratori scelti sulla collina presero la mira e fecero cadere ognuno di loro, diversi proiettili colpirono ogni torso.

Lanciando maledizioni, Shapiro diede un calcio al suo cavallo e cercò di allontanarsi. Una figura uscì, sbarrandogli la strada, vestita con una camicia da caccia logora e stivali al ginocchio. Da sotto l'ampia tesa del cappello, occhi furiosi fissarono Shapiro mentre gridava: "Fermati, ragazzo. È finita."

Sbalordito, Shapiro gettò indietro la testa e rise prima di tirare fuori la sua Colt in un lampo, pronta a sparare.

"Non essere stupido", disse lo straniero con la camicia marrone, avvicinandosi per afferrare le redini, con la sua stessa Navy fumante, "o ti ammazzo in sella."

Non avendo più scelta, Shapiro, stringendo una mano dolorante, scivolò a terra e si inginocchiò gemendo e facendo del suo meglio per arginare il flusso di sangue dalle dita distrutte. "Mi hai spaccato per bene la mano, miserabile bastardo."

All'improvviso, il pugno dello sconosciuto si incrinò nella sua mascella e lo mandò a sbattere all'indietro. "Non tentarmi o ti distruggo anche l'altra, ragazzo."

Shapiro trattenne le lacrime. "Imparerò a sparare con l'altra mano e ti ucciderò."

Lo straniero sorrise. "Se sopravvivi."

Shapiro chiuse gli occhi, ingoiò il suo dolore e si arrese.

CAPITOLO SEI
DIARIO DI NOLAN

È vero che senza l'aiuto di Shapiro sarei finito appeso a un cappio o forse con una pallottola nella schiena. Avevo perso la strada, cercavo disperatamente cibo e riparo, passando da una città mineraria in decomposizione all'altra. I miei vestiti erano a brandelli, logori, e il mio cavallo, l'unica cosa che possedevo a parte il mio fucile Henry, stava soffrendo quanto me. Nell'ultima città in cui mi trascinai alla deriva, lo stalliere del saloon scosse la testa, con uno sguardo triste negli occhi. "Non le resta molto tempo, giovanotto." Le accarezzò il naso, scrutandola negli occhi, e fece una smorfia. "No, non molto. È quasi fuori uso." I suoi occhi si restrinsero mentre mi studiava. "Un po' come te."

Gli tagliai la gola, nascosi il suo corpo in una delle stalle e, prendendo quello che aveva, montai un nuovo cavallo e lo portai fuori. Fu allora che sentii gli spari.

Sembrava che l'intera strada principale fosse animata da uomini disperati, sei pistole che abbaiavano, cavalli che nitrivano. Gli abitanti della città erano presenti in gran numero, alcuni di loro con antichi fucili ad avancarica, sparavano piombo caldo in direzione di un gruppo di individui dall'aspetto scuro che irrompevano dalla piccola banca. La città di Grievance, avrei imparato più tardi, era nota per essere la sede di uno dei caveau più sicuri di tutto il territorio. Quei rapinatori erano lì per saccheggiarne il contenuto, questo era chiaro, ma per qualche motivo stavano facendo fatica. Due di loro giacevano già sanguinanti, forse addirittura morti, sulla passerella. Un altro paio stavano correndo, piegati in due, verso i loro cavalli legati, mentre un terzo stava sulla porta della banca, mentre sparava a chiunque gli capitasse a tiro.

Fu allora che presi la decisione che avrebbe cambiato la mia vita per sempre.

Gettandomi in sella, spronai il mio nuovo cavallo in mezzo allo scontro a fuoco, con la mia sei colpi in mano, iniziai a sparare agli abitanti della città facendoli disperdere in ogni direzione. Non erano uomini d'armi e si arresero senza troppi problemi. Spronando il mio cavallo, arrivai alla banca e vidi l'uomo sulla porta che mi fissava, con gli occhi più neri che avessi mai visto.

"Andiamo", gridò uno dei suoi compagni, lottando per mantenere il controllo non solo del cavallo che cavalcava, ma di un secondo destriero scalciante, che si disarcionava e scalpitava come se fosse stato colto da una crisi spaventosa.

L'uomo sulla porta mi diede un'occhiata, mise la pistola nella fondina e corse in strada. Un cassiere della banca apparve dietro di lui, con due fucili a canne mozze tra le mani. Si alzò per scaricare entrambe le canne e io gli sparai al petto, scaraventandolo di nuovo dentro la banca. Tenendo il mio cavallo sotto controllo, guardai il rapinatore dagli occhi neri che si trascinava in sella. Di nuovo quello sguardo, accompagnato questa volta dal più debole dei sorrisi. Poi, gridando a squarciagola, partì al galoppo, con la banda di sopravvissuti al seguito.

Lo seguii, senza esitazione.

. . .

Ci accampammo alcune ore dopo, quando fummo certi che gli eventuali inseguitori avevano rinunciato da tempo. Il capo, l'uomo dagli occhi neri, si presentò come Shapiro, gli altri come Mel, un giovane truffatore dell'est, e Olaf, un enorme norvegese che mi prese subito in antipatia. Seduto con una tazza di caffè, mi fissava attraverso il fuoco improvvisato, finché alla fine non riuscì più a trattenere la pazienza e scoppiò: "Come mai sei spuntato dal nulla, cagnolino, e hai sparato a tutta quella gente? Chi sei?"

"Stai calmo Ol," disse il giovane Mel sopra il bordo della sua tazza di caffè fumante, "se non fosse per lui, saremmo..."

"Saremmo *cosa*? Morti?"

"Più che probabile."

"Beh, forse finirà così quando ci taglierà la gola nella notte."

Lo fissai. Era un uomo massiccio, le sue mani erano come porte di stalla, i muscoli del suo collo erano tali da fargli esplodere il colletto della camicia. Lo spesso cappotto che indossava serviva solo ad accentuare la sua imponente stazza. "Perché dovrei farlo?" chiesi, senza curarmi del suo tono, né delle sue dimensioni. Non avevo paura di mischiarmi con nessuno, nonostante mi avessero rotto la testa una o due volte in passato.

"Per reclamare la taglia, ecco perché."

"Sei pazzo", ridacchiò Mel, posando la sua tazza di caffè. "È ricercato quanto noi, dopo quello che ha fatto."

"Forse di più."

Era la prima volta che Shapiro parlava da quando ci eravamo accampati. Tutte le teste si voltarono verso di lui. "Per aver ucciso quel cassiere di banca, ti sono grato, ma credo che tu non abbia fatto un favore a te stesso."

"Non era il mio intento."

"Allora perché l'hai fatto", ringhiò Olaf.

Ho scrollato le spalle, finendo il mio caffè. "Sono nei guai, come puoi vedere." Passai la mano sui miei vestiti laceri. "Non mangio un pasto completo da più di una settimana e sono a corto di opzioni."

"Quindi, tutto qui?" Il norvegese disse scetticamente. Lui sorrise, senza umorismo. "Hai visto nel buttarti con noi un'occasione per migliorare la tua situazione? No, non ci credo. Hai fatto quello che hai fatto per quello che potevi ricavarne, e non mi piace..."

"Olaf," disse Shapiro, con voce bassa e densa di minaccia, "ci ha salvato la pelle. Ora o lo accetti per quello che è, o..."

"O cosa? Non sono una tua proprietà, Shapiro. Se lo vuoi sapere, penso che tu non abbia capito chi è questo tizio." Si voltò di nuovo verso di me, i suoi occhi erano solo fessure, la sua bocca una linea sottile. "Un cacciatore di taglie."

Andò a prendere la sua pistola. Era una mossa mal pensata, seduto tutto ingobbito, la sua mole era un ostacolo per estrarre la pistola dalla fondina senza problemi. Anche se per tutta risposta cercai di prendere la mia, Shapiro fu più veloce di entrambi e sparò a Olaf in mezzo agli occhi, ponendo fine alla disputa lì per lì.

Strillando, Mel si alzò in piedi, con le mani alzate e i palmi tesi mentre si allontanava dal fuoco. "Che diavolo? Shapiro, no. Per pietà."

Shapiro lo colpì con due proiettili e mentre Mel cadeva a terra morto, io rimasi seduto lì, impalato, senza sapere se sarei stato il prossimo. Trattenni il respiro quando Shapiro girò i suoi occhi neri e selvaggi verso di me, con la pistola ferma come una roccia. "Buttala", disse.

Lasciai cadere la Colt dalle mie dita tremanti e aspettai che arrivasse la mia fine.

Invece di un pesante proiettile che mi lanciava all'indietro, lo vidi mettere delicatamente la mano sul martello e disinserirlo. Sentii un tale impeto di sollievo che quasi svenni. "L'onestà," disse, i suoi occhi non lasciarono mai i miei, "è rara. Dal tuo aspetto, direi che la tua storia è sincera."

"Lo è, lo giuro."

Alzò la mano mentre rimetteva la pistola nella fondina. "Io ti credo. A differenza di quei due cani", fece un cenno ai cadaveri degli altri, "che mi avrebbero tagliato la gola per un nichelino. Uno di loro è sgattaiolato fuori dal campo due notti fa, pensando che non me ne fossi accorto. Ora so che è andato ad avvertire la città del nostro tentativo di rapinare la banca, voleva farmi uccidere e poi reclamare la taglia. Se tu non fossi intervenuto in quel momento..." Scosse la testa con tristezza. Per molto tempo rimase seduto a fissare il terreno, perso nei suoi pensieri. A un certo punto pensai che potesse essersi addormentato, ma poi, proprio mentre stavo per dire qualcosa, tornò in vita e alzò la testa, gli occhi luminosi e vivi ancora una volta. "Ora, visto che dobbiamo cavalcare insieme, voglio che tu mi dica tutto di te e del perché sei in queste condizioni."

Così gli raccontai tutto, dall'ingresso nell'esercito all'arruolamento nella truppa del sergente Burrough. Gli raccontai come era arrivato l'ordine di trovare i ladri che avevano rubato i cavalli dell'esercito da più a nord e li stavano portando giù al confine messicano nella speranza di venderli. Come Reuben Cole, l'esploratore dell'esercito, aveva scoperto il fatto che Burroughs era coinvolto e...

"*Aspetta*", sibilò Shapiro, mettendosi a sedere dritto, con un'oscurità che gli scendeva dagli occhi, "Cole, hai detto?."

"Sì. È un esploratore dell'esercito, assegnato alla nostra truppa per aiutarci a rintracciare i ladri di cavalli." Aggrottai la fronte. "Lo conosci?"

"Oh sì", ringhiò prima di girare la testa per sputare in terra. "Ci siamo incontrati..." Ancora una volta, cadde in un cupo silenzio. Chiaramente era successo qualcosa tra lui e Cole, qualcosa di brutto.

Presto ci allontanammo da quel terreno di morte, prendendo i cavalli e tutto ciò che ci serviva dai cadaveri. Attraversammo l'infinita distesa a passo d'uomo, senza mai fermarci a riposare, bevendo dalle nostre borracce. Shapiro, intenzionato a mettere quanta più distanza possibile tra noi e la città di Grievance, sembrava posseduto, e quando finalmente ci accampammo, mi raccontò il suo piano.

CAPITOLO SETTE

IL PIANO

Non avevamo altro che biscotti di mais duri da mangiare, ma me li godetti, assaporando ogni boccone, lavando il tutto con l'ultimo caffè.

"C'è una banca nella città di Paradise", disse Shapiro mentre buttava giù il suo ultimo boccone. "C'è il denaro della compagnia ferroviaria. Ogni giovedì, uomini armati vengono a ritirare i contanti per pagare i salari dei ferrovieri. Uno della mia banda, un uomo chiamato Arkan Lomas, lavorava come guardia. Me ne aveva parlato. Speravo di poter fare un'incursione nella banca quel giorno, prendere i soldi e andare in Messico. Cole ha messo fine al mio piano." Alzò la mano, ruotandola per rivelare la cicatrice livida che correva sul dorso del polso. "Mi ha sparato alla mano. Non ho mai visto sparare così."

Incrociando le labbra, Nolan annuì. "L'ho visto affrontare Burroughs e i suoi uomini. Freddo come il ghiaccio e letale."

"Sì." Shapiro studiò la cicatrice. "Pensavo di essere bravo con la pistola, finché non mi sono scontrato con lui."

"Cosa è successo ad Arkan?"

"Morto, insieme agli altri, ma posso facilmente mettere insieme un'altra banda. Ci sono molti disperati in tutti i territori, ex minatori d'oro e d'argento, lavoratori delle ferrovie, ex militari. Non sei l'unico ad essere caduto, in tempi difficili."

"Quindi il tuo piano è di fare una rapina alla banca di Paradise?"

"Sì. Ma non è il denaro che mi spinge, anche se sarà un'esca sufficiente per gli uomini che recluterò. No, è Cole che voglio. Ed è qui che entri in gioco tu, amico mio."

Nolan inspirò profondamente. "Non vedo cosa posso fare, a parte dirvi di più sulle sue capacità."

"Da quello che mi hai detto, conoscevi la donna, quella che ha fatto il doppio gioco con Burroughs, quella che è scappata?"

"Sei ben informato, lo ammetto."

"Mi tengo sempre un passo avanti. Allora, la conoscevi?"

"La signorina Julia? Beh, sì, la conoscevo, poco."

"Lei si ricorderà di te."

"Forse, ma non vedo come posso..."

"È semplice, amico mio. Voglio che tu riprenda confidenza con lei, che te la faccia amica, la tua confidente."

"La mia cosa?"

Shapiro sospirò. "Fai in modo che si fidi di te. Forse anche che ti ami."

Nolan si mise a ridere: "Non lo farebbe mai!."

"Forse non sarai il suo amante, ma qualcosa di simile. Voglio che lei tradisca Cole con te."

"Tradirlo? Non capisco."

"Credi che non abbia fatto nulla da quando sono fuggito dalle sue grinfie? L'ho cercato molte volte, osservando, ascoltando, imparando. Ho anche visitato il suo ranch. Una cosa facile, visto che lui non c'è quasi mai. Lui e la donna condividono quel ranch insieme ora."

"Quindi *è la sua* amante?" Shapiro annuì e Nolan

apparve abbattuto, assumendo un'espressione mesta e scuotendo la testa. "Allora ci sono ancora meno possibilità che io riesca a intrufolarmi tra le sue braccia."

"No. Penso che ci siano tutte le possibilità. Lui non le presta attenzione, la lascia ad occuparsi dei suoi cavalli e della sua terra mentre lui va via per i suoi compiti di esplorazione. Lei è sola e solitaria." Sorridendo, si chinò in avanti: "Fidati di me, amico mio. Conosco le donne, quello che desiderano. Non avrai problemi a sedurla. Sei giovane, bello e gentile."

"Non è proprio così che mi definirei", si schernì Nolan. "È una donna sofisticata ma dura. Ha sparato a Burroughs senza pensarci."

"Perché le aveva fatto un torto."

"Sì."

"La convincerai che anche Cole le ha fatto un torto. Forse in modo diverso, ma il risultato sarà lo stesso. O quasi."

"Tu..." Nolan si ribaltò il cappello e si passò una mano tra i capelli. "Fammi capire bene. Tu vuoi che io convinca la signorina Julia che Cole la sta in qualche modo tradendo, facendole trovare un po' di conforto nelle mie avances, poi... per fare *cosa*?"

"Attirarlo. Voglio che lei lo affronti, che gli dica cosa è successo tra voi due a causa del modo in cui lui l'ha trascurata. Lui sarà devastato e abbasserà la guardia. Poi, in quel preciso momento, tu e gli altri rapinerete la banca, e quando la notizia lo raggiungerà al suo ranch, reagirà e si preparerà a tornare in città. Io lo aspetterò e lo ucciderò. Non riuscirà a difendersi, a causa del suo stato mentale."

"È un piano complicato, Shapiro."

"Forse, ma credo che funzionerà. Tutto dipende da te, amico mio. Troverai un lavoro in uno dei ranch più grandi e aspetterai il momento giusto per farti conoscere da lei."

"Come dovrei fare?"

"Trova il modo di renderti debitore, così ti inviterà a lavorare nel ranch di Cole. Col passare del tempo si affezionerà a te, lo so."

"Sembri terribilmente sicuro di tutto questo. Di quanto tempo stiamo parlando?."

"Tutto il tempo necessario. Ho già aspettato anni per avere la mia vendetta, posso aspettare ancora qualche mese."

"Qualche mese?"

"Deve essere una cosa naturale, non forzata. Mi farai rapporto sui tuoi progressi."

Nolan si allontanò di qualche passo per fissare la pianura. La terra era dura, inesorabile. Le stagioni passavano e presto il tempo sarebbe cambiato, portando con sé freddo e neve. Indipendentemente dalla stagione, questa era una terra dura, arida e inospitale, non adatta ai deboli di spirito.

Shapiro si avvicinò e appoggiò una mano sulla spalla del giovane. "Sarai ben ricompensato, amico mio."

"Non è a questo che sto pensando."

"Oh? E allora?"

Nolan girò il viso verso la sua compagna. "Julia. E se... E se i sentimenti diventassero reali?"

"Allora avrai una ricompensa più grande di qualsiasi somma, amico mio!" Shapiro rise e diede un forte schiaffo a Nolan sulla spalla.

Ma Nolan non ricambiò la risata dell'uomo. Invece, chiuse gli occhi e prese un enorme, tremolante respiro.

Shapiro fissò il suo nuovo compagno, le sue risate si spensero. In quel momento, sapeva che Cole non sarebbe stato l'unico a morire quando questo piano sarebbe giunto alla sua inevitabile conclusione.

CAPITOLO OTTO
COLE

Diversi mesi dopo l'incontro di Nolan con Shapiro, caddero i primi fiocchi di neve, spolverando le montagne di una soffice polvere bianca. Agli occhi di un osservatore potrebbe apparire come una visione romantica, quasi malinconica, il tipo di paesaggio che fa venire in mente lunghe serate invernali rannicchiati davanti al fuoco acceso, vicino alla persona amata. Cole sapeva che non era così. La natura si stava trasformando, stava trasformando il terreno da secco e duro a uno pieno di profondi solchi nascosti sotto la neve, un pericolo per i cavalli e per i loro zoccoli. Dopo di che, le possibilità di trovarsi esposti e soli, di soffrire e morire di freddo si moltiplicavano. L'inverno era il periodo che Cole temeva di più. L'incertezza, la natura spietata. Poteva affrontare il sole cocente, prepararsi, avere abbastanza acqua per sopravvivere, ma l'inverno... no, l'inverno era un'altra cosa. E non si fidava di lui.

Accanto a lui, il capitano Fleming fissò le cime delle montagne e sospirò. "Pensi che siano passati di qua?."

"Potrebbe essere", disse Cole. Aveva trovato le tracce due giorni prima e da allora non le aveva più perse, ma la direzione lo preoccupava. Le montagne, da quelle parti erano alte e impervie, impossibili da attraversare per i cavalli. L'unico modo, a parte scalare la cima, era passare attraverso una stretta gola. In fila indiana. Lento, laborioso.

"Potrebbe essere?" fece eco Fleming, incapace di trattenere l'impazienza e la frustrazione nella sua voce. "Sei tu quello che dovrebbe saperlo, Cole!"

"Il sentiero si interrompe qui, capitano. Sono furbi. Sanno che siamo sulle loro tracce e non ci permetteranno di inseguirli facilmente."

"Allora, cosa dici? Hanno attraversato la gola?"

Cole passò gli occhi sulle tracce, facili da vedere nella neve, ma solo un esperto poteva decifrarne il significato. "Sono in sei, viaggiano a piedi e leggeri perché hanno lasciato liberi i cavalli. Se mandi i tuoi uomini attraverso quella gola, stai segnando il loro destino, te lo posso assicurare."

"Tutto qui – Solo sei? Sei fuori di testa? Noi ne abbiamo venti qui, Cole. Possiamo prenderli in poche ore, credo."

"Allora fate male i vostri conti se pensate che avrete ancora venti uomini alla fine di tutto questo, capitano. Il mio consiglio...?" Guardò Fleming dritto in faccia, senza battere ciglio. "Circumnavigate la montagna, tagliategli la strada all'estremità più lontana."

"Circo-cosa?"

"Fai il giro. Dammi quattro dei tuoi uomini migliori, tagliamo un sentiero passando per la cima, mentre tu e gli altri fate il vostro...."

"Aspetta, Cole." Fleming, schermandosi gli occhi dal sole con una mano sulla fronte, guardò verso la cima delle montagne: "Scalerai quella cosa?

"Non abbiamo molte opzioni. Se riuscite a bloccare l'altra estremità della gola, allora scenderemo su di loro dall'alto. A quel punto si arrenderanno, ve lo garantisco."

"Sembra un sacco di lavoro duro... ce la puoi fare?"

"L'ho già fatto prima."

"Ci avrei scommesso..." Fleming lasciò cadere la

mano e scosse la testa. "Per fare il giro ci vorranno più di due giorni. Per allora, li avremmo persi."

"Non si aspetteranno la nostra mossa. Si rintaneranno pronti a tendervi un'imboscata."

"Sei contro venti? Ne dubito."

"Sono Apache, capitano. Non sono come gli altri indiani."

"Hai detto che i Comanche sono i più cattivi."

"Lo sono, ma quando si tratta di imboscate, nessuno si avvicina agli Apache. Si fidi di me, capitano. Per favore."

Assorto nei suoi pensieri, Fleming si mordeva il labbro inferiore, guardando dalla cima alla base della catena montuosa. A Cole sembrava che il comandante della cavalleria fosse coinvolto in una disperata disputa con se stesso. L'esploratore pregava di trovare la giusta soluzione.

Dopo una lunga pausa, il capitano fece un lungo respiro e scosse la testa. "No, semplicemente non abbiamo tempo, Cole. Se ne saranno andati da un pezzo. Dubito che ci tendano un'imboscata", alzò rapidamente la mano prima che Cole potesse intervenire ancora una volta, "Rispetto la tua indubbia conoscenza in materia, Cole, ma il buon senso, se non altro, mi dice che non cercherebbero di abbattere un'intera truppa di cavalleria. Quindi, noi andremo avanti mentre tu, e i tuoi uomini selezionati, salirete in cima per coprirci."

"Capitano, uccideranno prima gli ufficiali e i sottufficiali. Il resto dei suoi uomini se la darà a gambe più velocemente di un bambino che ha rovesciato un nido di vespe."

"Beh, ecco la soluzione." Sorridendo alla sua stessa idea, Fleming si tolse rapidamente la giacca dell'uniforme e la infilò dietro il sacco a pelo appeso sul retro della sella. Togliendosi il cappello, lo lanciò a un soldato, che lo afferrò con gli occhi spalancati dallo sconcerto. "Passami il tuo chepì, soldato." Riprendendosi, il giovane cavalleggero si tolse il copricapo e, non volendo offendere, condusse delicatamente il cavallo verso il suo comandante. Fleming prese il chepì, lo posizionò in modo appropriato e con aria compiaciuta, fece un cenno verso Cole. "Ecco! Ora sono solo un soldato semplice, o almeno lo sembrerò a qualsiasi stupido Apache. Non credi, Cole?"

Esasperato, Cole decise che era meglio lasciar perdere. Chiaramente, il capitano Fleming non si sarebbe fatto convincere della follia del suo piano. "Faccio partire immediatamente i miei uomini per la scalata", disse Cole e fece segno al sergente vicino, che sapeva esattamente cosa fare. In pochi minuti, Cole radunò i suoi uomini davanti a sé, con carabine e borracce pronte. Cole smontò. "Dacci un po' di vantaggio, capitano, prima di passare."

"Lo farò, Cole. Ci vediamo all'altro capo."

Grugnendo, Cole fece cenno ai soldati di iniziare la loro costante e attenta ascesa.

Erano passati solo cinque minuti quando sentirono il primo colpo di pistola.

Accompagnato da un crescente fuoco d'artiglieria, Cole spingeva i suoi uomini sempre più in alto. La salita si rivelò ardua; il freddo era pungente. Nonostante questo, quando raggiunsero la cima, erano tutti madidi di sudore. Facendosi strada fino al bordo dell'altura, Cole guardò giù nella gola. Fleming e i suoi uomini erano lì, che si nascondevano come tante formiche. Uno giaceva a terra a gambe aperte, chiaramente morto. Prendendo il binocolo al suo fianco, Cole regolò l'anello di messa a fuoco per avere una visione più dettagliata di ciò che stava accadendo laggiù, tra le dure e inesorabili rocce. Scrutando l'area, vide che la sua profezia si era avverata:

il morto era il povero soldato che aveva indossato il berretto e la tunica di Fleming.

"Ah, dannazione", respirò un altro giovane soldato che gli strisciava accanto, prendendo gli occhiali da campo offerti e abbassando immediatamente la testa in reazione a un lontano colpo di pistola. Si portò il binocolo agli occhi e sibilò. "Non va bene, signor Cole."

"Già." L'esploratore rotolò sulla schiena e fece segno agli altri di tenersi bassi. "Dobbiamo cercare di metterci in una posizione di vantaggio."

Il giovane soldato restituì il binocolo. "Sembra che siano arrivati alle spalle del capitano. Ce ne sono due che bloccano i nostri ragazzi e li fanno fuori ogni volta che si fanno vedere."

Esaminando di nuovo la zona, Cole grugnì. "Ce n'è uno davanti, che blocca ogni possibilità di andare avanti. Sono circondati."

"E gli altri?" chiese un altro soldato da una posizione distante qualche metro dal bordo e ben fuori dalla vista.

"Non riesco a vederli", disse Cole. Poi, imprecò forte. "I cavalli! Sono tornati indietro per prendere i cavalli." Batté il pugno a terra. "Dannazione! Vogliono prendere i cavalli della cavalleria e lasciare Fleming e i suoi uomini senza mezzi per viaggiare se non a piedi."

"Lo fermerò", disse rapidamente il giovane soldato. Stava già iniziando la sua discesa quando Cole gli afferrò il braccio. Si scambiarono uno sguardo. Cole lo riconobbe naturalmente, ma, come sempre, non riuscì a ricordare il nome del giovane. Si era comportato bene quando avevano dato la caccia a questo gruppo di Apache, imparando in fretta. Cole ricordava anche i suoi modi semplici, la sua intelligenza e la sua prontezza di riflessi. Se avesse potuto scegliere uno di quegli uomini per guardargli le spalle, sarebbe stato quel giovane soldato. Fece per parlare, ma il giovane lo fermò. "Non c'è scelta, signor Cole. Lei lo sa bene."

"Sì, suppongo di sì. " Fece un sorriso ironico e

strinse ancora più forte il braccio del soldato. "Stai attento laggiù, figliolo. Non li sentirai, quando ti arriveranno alle spalle."

"Lei sa che ho già tenuto testa a questi selvaggi, signor Cole. So cosa fare."

Accondiscendendo, Cole annuì e guardò il giovane che si arrampicava di nuovo lungo la strada che aveva percorso solo pochi istanti prima. Disse, a nessuno in particolare: "Come si chiama?"

"Vance. Hyrum Vance", disse un altro, poi aggiunse con voce bassa e pesante: "Ha diciotto anni."

Cole trasalì e guardò di nuovo con il binocolo, dicendo a denti stretti: "Se salva quei cavalli, chiederò un encomio al quartier generale dell'esercito americano a Denver per il suo coraggio."

"Nessuno nella nostra truppa ne ha mai avuto uno, signor Cole."

"Beh, è arrivato il momento. Chiunque venga qui ad affrontare gli Apache ha più sabbia di quanta se ne possa trovare nella Death Valley."

"Non abbiamo voce in capitolo. Seguiamo solo gli ordini, tutto qui."

Tendendo il collo, Cole fissò il soldato. "E come ti chiami, figliolo?"

"Crevis." I ragazzi in caserma mi chiamano Buster. Questi sono Larry McDonald e Jason Spooney." Gli altri due annuirono senza dire una parola.

"Tutti possiamo scegliere", disse Cole, "e le scelte iniziano dall'alto. Se governatori e senatori e simili non fossero immischiati nelle tasche dei magnati delle ferrovie, non avremmo mai avuto così tanti problemi con i nativi."

"Ma sono dei selvaggi", scattò McDonald. "Qualunque siano le loro scuse, non possiamo permettere che facciano quello che fanno, uccidere e bruciare e tutto il resto. No signore, non possiamo permettere queste cose."

"McDonald eh?" Il soldato annuì. "Figliolo, credo che in fondo siamo tutti selvaggi. Quello che abbiamo fatto a questa gente non è altro che stupro e saccheggio. Loro stanno solo restituendo quello che noi abbiamo dato loro per primi. Credo che sia qualcosa a cui i vostri antenati erano ben abituati quando gli inglesi hanno strappato la vostra patria durante la liberazione delle Highland."

McDonald guardò l'esploratore a bocca aperta. "Sono impressionato dalla sua conoscenza, signore."

"Ho studiato e vedo che lo schema si ripete ovunque io guardi."

"Mi inchino alla vostra cultura, tuttavia questi Apache sono diversi da tutti gli altri."

"Forse nella loro efficienza, ma non nei loro metodi." Cole tornò a guardare in basso. "Per quanto posso dire, non sanno di noi, quindi dobbiamo scendere laggiù e aiutare Vance a farli fuori. Dovrete muovervi lentamente e con cautela, mantenere la lucidità e non scaricare le vostre armi da fuoco finché non darò il segnale."

"E se lei dovesse cadere, signor Cole?"

Cole ridacchiò: "Allora ognuno per sé, ma non mi preoccuperò troppo di tutto questo."

"Ho paura", disse Spooney, con voce tremante.

"Vale per tutti, figliolo", disse Cole. Sorrise in modo rassicurante. "Tieni la testa bassa e fai come me. Tutto andrà bene."

Nessuno parlò. Cole rimise il binocolo da campo nella custodia di pelle e fece cenno agli uomini di partire. Come un tutt'uno, si fecero strada oltre la cima e iniziarono la discesa nella gola.

CAPITOLO NOVE

VANCE HYRUM

S cavalcò le numerose rocce e i massi, perdendo spesso l'appoggio, il che gli faceva sbattere dolorosamente le ginocchia. Vance si fermò accanto a un masso particolarmente grande e vi si accasciò dietro. Strappandosi il chepì, si asciugò il sudore dalla fronte con il dorso della mano. Non era per questo che era entrato nell'esercito. Dicevano che la paga era buona, con tre pasti al giorno, una vita avventurosa, a cavallo per le pianure, ma senza pericolo. Non si fermò a capire perché stessero reclutando con tanto fervore, e mise il suo nome in calce al foglio, mentendo sulla sua età senza pensarci. Tornato a casa, la madre malaticcia sbottò alla notizia, afferrandolo per la camicia, scuotendolo, pregandolo di non andare. Suo fratello minore, Nathanial, lo guardava con un luccichio negli occhi, il petto gonfio di orgoglio. "Cavalcherà con la cavalleria degli Stati Uniti, mamma! Non prenderla così." Si avventò sul suo secondo figlio e gli diede un tale schiaffo in faccia che il tredicenne cadde in ginocchio e scoppiò a piangere, più per lo shock e l'indignazione che per altro.

Prendendola per un braccio, Vance la girò verso di sé, anche lui con gli occhi pieni di lacrime. "Oh mamma, perché fai così... perché devi farmi sentire così in colpa!"

"Ti senti in colpa? Io *ho paura!*"

Allentò la presa e lei si liberò. "Non ce n'è bisogno. Non ci saranno combattimenti e potrò mandare soldi a casa ogni mese. È meglio così, mamma, davvero."

Tirò fuori un pezzo di lino dalla manica e lo usò per tamponare il suo viso bagnato. "Nessun combattimento? Il vecchio Santiago, alla stalla, ha detto che arrivano racconti dal Sud Dakota, hanno scoperto l'oro lassù e alcuni indiani stanno facendo minacce. Si parla di guerra, Hyrum!"

"Guerra? Non si arriverà alla guerra, mamma, qualunque cosa stia succedendo lassù. "Torreggiando su di lei, le appoggiò le mani sulle spalle. Da così vicino, poteva vedere quanto lei sembrasse stanca e vecchia. "Il Sud Dakota? È a centinaia di miglia di distanza. Inoltre, tutti quegli indiani saranno presto nelle riserve. Il sergente addetto al reclutamento mi ha detto che ci sono solo degli occasionali sbandati che evadono e provocano guai. È tutto perfettamente sicuro."

Un proiettile sbatté contro una roccia vicina, rimbalzando via con un angolo selvaggio e Vance, uscendo dalla sua fantasticheria con un sobbalzo, si gettò a faccia in giù nel fango. Risucchiando l'aria, con la testa che batteva per la paura, si aggrappò alla sua carabina e si chiese cosa fare. Si era mosso verso la roccia, era stato lento e cauto. Era sicuro che nessuno avrebbe potuto individuarlo.

Ma, naturalmente, questi erano Apache.

Aspettò, costringendosi a contare lentamente fino a trenta. Da qualche parte, oltre la copertura della grande roccia, risuonarono altri colpi, senza dubbio fuoco di ritorno dei suoi compagni. Tendendosi, rotolò e si mise in ginocchio, dando una rapida occhiata oltre il bordo del masso.

Individuò il guerriero apache quasi immediatamente. Indossava una camicia rosso vivo e una bandana nera, la carne delle sue gambe nude bruciava del colore del cuoio. Tornando fuori dalla visuale, Vance contò di nuovo. Se fosse stato abbastanza veloce, avrebbe potuto sparare all'indiano, rompere la copertura e trovare gli altri. I suoi ordini erano di radunare i cavalli, ma il desiderio di abbattere un selvaggio era troppo grande.

Percepì, più che sentire qualcosa alle sue spalle. Si girò e per un attimo colse il lampo di occhi luminosi, una smorfia fissa su un viso rugoso e bruciato dal sole. Gemeva mentre il coltello entrava in profondità. Il volto dell'Apache era così vicino, e stava sorridendo. Per un attimo il terrore si impadronì del corpo di Vance, ma in qualche modo riuscì a trovare la forza di afferrare il braccio del suo aggressore. Resistette, fissando gli occhi dell'altro, ipnotizzato dalla loro intensità, e tutto ciò a cui riusciva a pensare era una sensazione calda e vorticosa che lo trascinava per sempre verso il basso. "Oh, buon Dio", gemette, la carabina gli scivolava dalle dita sempre più intorpidite. L'Apache inclinò la testa, il sorriso si allargò e fece scivolare una mano libera intorno al collo di Vance, stringendo la sua testa per ottenere più leva mentre spingeva il coltello ancora più in profondità.

"Vai dai tuoi antenati", disse l'Apache con una voce bassa e rassicurante e spinse di nuovo.

Vance si aggrappò al braccio dell'uomo, impressionato dalla sua forza, sedotto dalle curiose sensazioni che lo inondavano, sensazioni di calma, di resa. Sapeva che il sangue stava pompando fuori, in un torrente denso e caldo. Pensò che avrebbe dovuto gridare, cercare di avvertire gli altri, ma il sorriso rassicurante dell'Apache gli fece capire che ormai nulla poteva salvare nessuno di loro e smise di lottare.

L'Apache lo abbassò delicatamente a terra, il coltello ancora in profondità, poi lo ritirò lentamente. Vance guardò il volto del suo conquistatore, credette di vedere qualcos'altro, forse il rimpianto, e poi più nulla.

CAPITOLO DIECI

COLE

Gli spari aumentavano man mano che Cole e i suoi uomini si addentravano nella gola. Sembrava che la maggior parte di essi provenisse dall'estremità più lontana, attirando il fuoco delle truppe. Fleming agitava la mano come se fosse posseduto, i denti lampeggiavano bianchi in un viso rosso di rabbia. "Cole, i cavalli!"

Tenendosi bassi e vicini al lato della gola da cui erano saliti, Cole e i suoi uomini si affrettarono a trovare qualsiasi copertura possibile, avvicinandosi sempre di più al luogo dove avevano legato i cavalli.

Crevis lo avvistò per primo, fermandosi all'improvviso, Cole e gli altri gli andarono quasi addosso. Poi anche Cole lo vide, abbassò la testa e imprecò in silenzio.

Hyrum Vance giaceva premuto contro una roccia, con gli occhi spalancati, fissando il nulla, il torso intriso di sangue. Oltre lui, dove un tempo c'erano stati gli Apache, ora non c'era altro che un'aperta pianura. Un altro soldato giaceva a faccia in giù nel fango, morto. I cavalli erano spariti.

"Cosa facciamo ora?" gemette Spooney, cadendo in ginocchio. "Quei cavalli avevano le nostre borracce e tutto il resto. Moriremo qui fuori!"

"Zitto", disse McDonald, avvicinandosi al suo

compagno, prendendolo per le braccia e scuotendolo come se fosse un bambino cattivo. "Smettila, Jason. Nessuno di noi morirà qui fuori, vero, Cole?"

Cole incontrò lo sguardo disperato del giovane scozzese e fece del suo meglio per sembrare positivo. "Ce la possiamo fare. Ma avremo bisogno di acqua se vogliamo tornare al forte. Siamo a due giorni di viaggio, a cavallo."

"Oh, buon Dio", disse Crevis, accasciandosi a terra. "Moltiplicalo pure per dieci, se viaggiamo a piedi."

"*Dieci giorni*?" urlò Spooney. "Sei fuori di testa? Come facciamo a camminare dieci giorni senza acqua?"

"C'è la neve", disse McDonald rapidamente, animato dalla sua idea. "Cosa ne pensa, signor Cole? Possiamo sopravvivere bevendo la neve."

"Sì", disse Cole lentamente, "possiamo, anche se la neve non ti dà molto. Abbastanza forse, per tenerci in vita. Ma le notti saranno fredde, ragazzi. Forse troppo. Era diverso quando avevamo le tende. Fuori", guardò il cielo, il suo blu uniforme, "così, senza copertura nuvolosa, potremmo congelare."

"Accidenti, che positività, vero, Cole?" Crevis si alzò in tutta la sua altezza, sicuro di essere fuori dalla portata degli Apache rimasti all'estremità della gola. "Io dico di attaccare quel selvaggio solitario, ucciderlo e prendere tutto quello che ha, poi possiamo..."

"Ho un'idea migliore", disse Cole, fissando la gola. "Ma è una cosa che devo fare da solo."

CAPITOLO UNDICI

JULIA

Qualche tempo prima del suo scontro con gli Apache, Cole aveva cavalcato nella città di Feathernest per una missione molto diversa. Non era stato difficile trovarla. Forse lei voleva proprio essere trovata. Rallentando e camminando, la vide subito seduta su una sedia a dondolo, bellissima. Notò come i suoi occhi lo seguivano. Si chiese cosa avrebbe dovuto fare. Aveva sparato a un criminale evaso dopo averlo aiutato nella sua fuga, aveva preso a bastonate Sterling, ma poi aveva pareggiato i conti quando aveva salvato la vita a Cole. Vederla di nuovo, più audace che mai, lo agitava dentro. Stava già formulando delle ragioni per non consegnarla alla giustizia. Sapeva che avrebbe dovuto trovare un modo, perché vederla penzolare dal cappio era qualcosa che non avrebbe mai voluto contemplare. Così, con la mente che turbinava per trovare una soluzione, guidò il suo cavallo verso la stalla.

Da dove era seduta, Julia non poté fare a meno di sorridere. Aveva l'aspetto migliore che avesse mai avuto lì su quel cavallo, la schiena dritta, il viso abbronzato dall'aspetto duro, proprio come lo ricordava lei. La vecchia signora Roman, che l'aveva accolta il giorno in cui era arrivata, le versò un bicchiere di limonata, si schiarì la gola e fissò Julia con uno sguardo simile a quello di una maestra. "È lui?"

Julia fece del suo meglio per sopprimere una risatina da ragazzina, ma non ci riuscì. Sentendo il calore muoversi lungo la mascella e salire verso le guance, si voltò e si scostò una ciocca di capelli dorati dal viso. "Sì. Quello è Reuben."

"Sembra un bell'uomo", disse la signora Roman, sorseggiando il suo drink. Julia la guardò con un vivo interesse. La donna più anziana sorrise. "Ricordo il giorno in cui ho posato gli occhi per la prima volta sul mio Clancy. Ho sentito il cuore gonfiarsi fino alla gola, davvero." Inconsciamente, una mano le cadde sul petto mentre i suoi occhi si annebbiavano al ricordo. "Non riuscivo a parlare. È così anche per te?"

"Beh", fece un'altra breve risata, "forse non proprio lo stesso, ma sì, devo ammettere che la vista di lui così magro e forte..." Scosse la testa. "C'è una forza in lui che non ho conosciuto in nessun altro uomo che ho incontrato. Mi sento al sicuro con lui."

"Eppure hai scelto di scappare via."

"Non ero sicura di come avrebbe reagito dopo quello che era successo. Avevo passato molto tempo a fare piani su come affrontare Burroughs, a tramare la mia vendetta. Non ero sicura che Reuben avrebbe accettato quello che avevo fatto. È un uomo d'onore."

"Accettare cosa? L'uccisione di quell'uomo orribile, vuoi dire?"

Gli occhi di Julia si spalancarono. "Come...?"

La signora Roman fece una piccola scrollata di spalle e riportò il bicchiere vuoto sul tavolino accanto a lei. "Gridavi nel sonno la prima notte che sei stata qui. Ti rotolavi e ti agitavi come se fossi in una rissa o qualcosa del genere. Poi, quando hai gridato, 'Marcisci all'inferno' e qualche altra parola molto più esplicita, ho supposto che fosse successo qualcosa di terribile."

"Oh, signora Roman, perché non ha *detto* niente?"

"Ad essere sincera, non sapevo cosa pensare." Guardò di nuovo lo straniero alto, che Julia aveva chiamato Reuben, vestito di pelle di daino e stivali neri al polpaccio, che conduceva il suo cavallo alla stalla. "L'unica cosa che non mi piace è la sua pistola, il modo in cui ha la fondina inclinata nel mezzo. Clancy mi raccontava spesso di pistoleri che aveva visto, portavano la pistola così."

"Non è un pistolero", disse rapidamente Julia, "è un esploratore dell'esercito americano."

"Quindi è così che ti ha trovato? Ti ha rintracciato?"

Il sorriso di Julia si allargò di nuovo, mostrando i suoi denti bianchi e regolari. "No. Penso che sia stato più il telegramma che gli ho mandato." Si chinò e strinse la mano della signora Roman. "Ho riflettuto molto, per lo più su come mi ha aiutato. Ho deciso che volevo sicurezza, un periodo di calma. Credevo che lui potesse darmela, così gli ho mandato un messaggio."

"Allora, non vuoi più scappare?"

Un'altra stretta prima che Julia tornasse al suo ricamo. "Non cercherò di trasformare la cosa in qualcosa che non è. Ho messo fine alla vita di quell'uomo spregevole per quello che ha fatto. Non ne vado fiera, ma non me ne pento."

"Nonostante sia un peccato mortale?"

Julia sospirò, posò il suo ago e stava per dire qualcosa quando notò Reuben Cole uscire dalla stalla. Lo vide togliersi il cappello malconcio e sbatterlo contro la coscia, una piccola nuvola di polvere si sollevò. Mentre lo rimetteva a posto, lui catturò il suo sguardo e sorrise.

Senza distogliere lo sguardo, continuò a parlare con la signora Roman. "Capisco il suo punto di vista, davvero. E sì, avrei potuto guardare Burroughs oscillare dalla forca per quello che ha fatto, ma..." Scosse la testa. "Ero consumata... *consumata* dal mio odio per lui. Ho pianificato tutto, fino all'ultimo momento. L'ho agganciato e attirato in modo che la sua fiducia in me fosse totale. Volevo che si rendesse conto, mentre esalava l'ultimo respiro, della profondità del mio tradimento e dell'enormità del suo errore."

"In altre parole, volevi che soffrisse."

"Infatti, è così. Ma non è nella mia natura. Ho dovuto farmi forza per andare fino in fondo. Non sono un'assassina, volevo vendicarmi. Contro di lui e contro nessun altro. Spero che Reuben la veda come me."

"E se non fosse così?"

"Allora ne affronterò le conseguenze." I suoi occhi fissarono duramente l'altra donna. "Sono pronta, signora Roman, non mi fraintenda. Ho fatto una cosa brutta e se devo affrontare un processo, così sia." Raddrizzò la schiena mentre Cole si avvicinava.

Notò che il suo sorriso non aveva mai vacillato.

"Signora Julia", disse Cole, togliendosi il cappello. Guardò la signora Roman e fece lo stesso: "Signora."

"Buona giornata, signor Cole", disse la signora Roman. "Julia mi ha parlato di lei. Un esploratore dell'esercito, così ho capito."

"Infatti lo sono, signora."

"E ha esplorato la strada fino a qui, per riprendere Julia."

"Questo", disse Cole con acume, "dipende da lei."

Posando il suo ricamo, Julia spazzolò via alcuni immaginari granelli di polvere dal suo vestito. "Sono disposta", disse.

Sospirando, Cole mise le mani sui fianchi e sorrise. "Allora forse potrei disturbarti per un bicchiere di quella limonata dall'aspetto delizioso. Oggi fa davvero caldo qui fuori."

Ricambiando il suo sorriso, Julia andò a sollevare la brocca, ma la signora Roman era già lì, ridacchiando tra sé. "Sembra che alla fine sia stata fatta giustizia, Julia."

"Proprio così", disse Julia, guardando la signora

Roman che riempiva il bicchiere, leccandosi le labbra mentre il gusto pungente dei limoni freschi le colpiva il retro della gola. Passò il bicchiere a Cole.

"Quel che è fatto è fatto", disse Cole, prendendo il bicchiere e scolandolo in un solo sorso. Schioccò le labbra e fissò il bicchiere vuoto con soddisfazione. "Non possiamo tornare indietro nel tempo e non ha senso provarci."

"Scriverà così nel suo rapporto?"

Cole aggrottò la fronte verso la signora Roman. "Rapporto? Quale rapporto?" Fece l'occhiolino in modo un po' sfacciato. "Questa non è una visita ufficiale, signora." Sorrise e guardò a lungo Julia. "Una visita puramente di cortesia."

Entrambe le donne risero, e Cole tese la mano per un altro bicchiere di limonata.

CAPITOLO DODICI

RAPINA

Il terreno era di dimensioni ridotte, questo significava che era gestibile, e con Cole lontano così spesso era una manna dal cielo. Sì, Julia avrebbe preferito più spazio per i loro cavalli e i due fienili avevano bisogno di riparazioni urgenti, ma tutto sommato niente sarebbe stato troppo scoraggiante nei mesi a venire. Anche mentre l'inverno prendeva piede, con la neve che scendeva dalle cime delle montagne a rosicchiare i bordi esterni dei campi, lei si sentiva comoda e sicura.

A volte, se non era in servizio, Sterling Roose veniva dalla città e le teneva compagnia. Sterling le piaceva e ora che lui l'aveva completamente perdonata per averlo steso a freddo quando aveva aiutato Burroughs a fuggire, erano buoni amici, e condividevano storie e risate davanti a un caffè caldo. Sentiva una stretta al cuore quando l'amico di Cole annunciava la sua partenza e lei rimaneva in piedi sul portico a guardarlo scomparire in lontananza.

In precedenza, aveva conosciuto lunghi periodi di solitudine quando, sposata con il suo defunto marito, gli affari lo tenevano lontano, a volte per settimane intere. Naturalmente, allora, non sapeva quali fossero questi "affari", e trascorreva il suo tempo in attività tranquille come leggere, ricamare e fare lunghe passeggiate intorno al loro vasto ranch. A differenza di adesso, quando, con le maniche rimboccate, lavava e strofinava, aggiustava e rammendava, senza che due giorni fossero mai uguali. A volte le mancava la sua vita precedente, la pace, le opportunità di contemplare, studiare la saggezza delle epoche passate attraverso i molti libri della biblioteca, ma la maggior parte del tempo si godeva la sua nuova vita. Tranne che per una cosa. L'ansia.

Spesso, Cole arrivava al ranch la mattina tardi per annunciare che avevano consegnato gli ordini, il che significava che doveva ripartire. In un mese qualsiasi, sarebbe andato in ricognizione almeno una settimana sì e una no. Di solito si trattava di banali compiti di inseguimento. A volte cavalli scappati dalle stalle dell'esercito, le recinzioni erano marce e facilmente abbattibili, altre volte dava la caccia ai disertori, e ce n'erano molti. Ma a volte si trattava di razziatori, sia che fossero ex-eserciti disaffezionati sia, cosa più preoccupante, indiani. Sapeva sempre quando si trattava di questi ultimi, perché il volto di Cole non riusciva a nascondere nulla. Le profonde linee di preoccupazione scritte nelle pieghe intorno ai suoi occhi parlavano chiaro e lei sentiva i viticci della paura insinuarsi di nuovo nella sua schiena.

Durante una delle sue molte assenze Julia portò il carro in città, per prendere delle provviste. Tendeva a fare quel viaggio ogni tre mesi, circa. Anche se non era un viaggio arduo, era lungo e specialmente con il freddo che mordeva così profondamente, desiderava che ci fosse un altro modo per rifornirsi di avena, orzo, caffè, fagioli e riso. Ma non c'era. A differenza della vita precedente con suo marito, non c'erano servi ad aiutarla. Cole l'aveva reso abbondantemente chiaro quando l'aveva invitata per la prima volta a casa sua. "Mio padre ha una casa", le disse. "È grande, la casa è ben costruita e arredata a regola d'arte, ma io non sono mio padre. Abbiamo preso strade diverse e io ho scelto la vita militare. Ciò significa che sono un uomo con pochi mezzi. La mia casa è semplice, ma confortevole, credo. Allevo cavalli e riesco a venderne uno o due, ma non ci sono altri mezzi e non ho molto da offrire a una donna come te. Non te lo dico per dissuaderti, Julia, ma solo per mettere tutto in chiaro, apertamente e onestamente."

Lei gli aveva sorriso, sapendo che le circostanze non erano affatto perfette, ma erano tutto quello che aveva. Per ora. Accarezzandogli la guancia ruvida, gli disse: "Reuben, non sto cercando un cavaliere dall'armatura splendente, solo qualcuno che mi tratti bene e che non menta mai."

Arrossendo, distolse lo sguardo. "Beh, immagino che potrei essere io."

La portò a casa di suo padre. Non per fare visita, ma solo per stare sulla collina che domina il ranch, per guardare la casa con il fumo uscire dai doppi camini, cosa che indicava che era occupata.

"Non vai mai a trovarlo?"

Cole scrollò le spalle. "A volte. Ha la sua vita e ha detto chiaramente, in più di un'occasione, che non approva le mie scelte. Ha fatto fortuna importando spezie esotiche e tè dall'Oriente. Era nella marina, era salito come ufficiale su uno dei grandi clipper che partivano da San Francisco. Aveva preso contatti, sviluppato una rete e..." Fece una breve risata e agitò la mano sui panorami davanti a loro: "Questo è il risultato."

"È molto impressionante, Reuben. È sorprendente che tu non abbia seguito le sue orme."

"Non mi interessa. La mia vita è sempre stata la prateria. Forse, quando mi fermerò, mi trasferirò... Chi lo sa."

Ora, muovendosi lungo la strada principale della

piccola città, spinse i ricordi da parte mentre guidava il carro verso il grande negozio di merci. Tirò la leva del freno, portando il pony a fermarsi. Girandosi, raccolse la borsa di tela contenente il suo denaro. La strada era tranquilla, la neve era ben posata sul terreno e le persone che passavano si rannicchiavano dentro spessi cappotti, sciarpe e cappelli. A testa bassa, nessuno la riconosceva, non che la cosa la preoccupasse troppo. Ognuno aveva i propri affari da sbrigare, non importava a nessuno dei suoi.

Scendendo dal carro, stava per salire i gradini che portavano alla porta del negozio, quando il suono inconfondibile di una pistola la fece fermare di colpo.

Una figura, avvolta in un voluminoso cappotto nero, guanti, sciarpa e cappello, emerse dal nulla. Gesticolava con la pistola in mano e parlava, la voce era attutita dalla sciarpa che gli nascondeva la parte inferiore del viso, un viso arrossato dal freddo. "La borsa, signorina."

Incapace di registrare gran parte di ciò che stava accadendo, Julia crollò sui gradini della carrozza, rigida dalla paura, tutta la sua attenzione concentrata sull'enorme pistola nera puntata direttamente verso di lei.

"Dammi la borsa ORA!"

Saltò, trovando in qualche modo la forza di muoversi. Si guardò intorno, sperando che qualcuno, chiunque, venisse in suo aiuto, ma semplici fantasmi le scivolarono accanto, avvolti dal freddo. Era come se fosse sola in un mondo improvvisamente diventato brutale e indifferente.

"Non pensare nemmeno di gridare, o ti sparo."

Lei lo guardò, la minaccia era chiara nei suoi occhi grigi, sapeva che diceva la verità. Deglutendo a fatica, riuscì a dire: "Ho solo una ventina di dollari."

"È più che sufficiente per me." Allungò la mano. "Passamela."

Senza scelta, Julia raggiunse la borsa, allontanandosi

dal suo assalitore per un breve momento. Ma in quel piccolo guizzo di tempo, accadde tutto.

Con un grido si voltò e vide un altro uomo, molto più giovane, in giacca di tweed e pantaloni di corda, alle prese con l'aspirante rapinatore, lo stava prendendo a pugni, gli aveva afferrato la mano con cui reggeva la pistola e l'aveva sbattuto a terra. Guardò con le mani strette alla bocca, mentre i due uomini lottavano nella neve, rotolandosi, tirando calci, pugni e graffi. Il giovane aveva la mano avvolta intorno al polso dell'altro, per allontanare la pistola, mentre con l'altro pugno colpiva ripetutamente le costole del rapinatore.

Una ginocchiata, il rapinatore urlò di dolore, lasciando la presa sulla pistola e il giovane si alzò, trionfante, ansimando, la Colt era nelle sue mani.

"Alzati", ringhiò il giovane. Il rapinatore, gemendo, si alzò in piedi con qualche difficoltà. Alzò lo sguardo, la sciarpa era caduta per rivelare un'espressione sconcertata su quello che altrimenti sarebbe stato un bel viso, quasi angelico. Senza una pausa, l'uomo più giovane sferrò un pugno pieno alla mascella dell'altro e lo gettò a terra, dove rimase immobile.

Il giovane uomo si voltò verso di lei. "Sta bene, signora?"

Guardò incredula. Così vicino, Julia lo riconobbe subito, quindi non poteva sfuggire chi fosse.

"Oh, mio Dio..." fu tutto quello che riuscì a dire.

CAPITOLO TREDICI

DIARIO DI NOLAN

Avevo stretto una specie di amicizia con un tipo dall'aspetto esile di nome Sam Caine. Era abbastanza piacevole, con un ciuffo di capelli biondi sul viso liscio che gli conferiva un'aria da ragazzo. Capivo perché le signore sembravano così attratte da lui. A volte rideva di questo, ammiccando: "Oh, c'è anche qualcos'altro, indovina cosa." Lavorava duramente al pascolo e divenne una specie di rituale per noi cavalcare fino ai margini più remoti del terreno per passare la mattina a riparare i recinti. Da soli, con solo il cielo e le montagne lontane come compagnia, parlavamo di tutto. Fu unn giorno, mentre eravamo seduti con la schiena contro uno sperone roccioso a sgranocchiare il pane di mais che la cara vecchia signorina Tomkins della cucina ci aveva preparato – credo che avesse un debole per Sam – che lui mi disse perché era lì.

"Mi ero messo in cattive compagnie", disse, fissando il vuoto come se i ricordi fossero difficili da richiamare, "e avevo cominciato a bere troppo. Una sera andai in città. All'epoca lavoravo per Chisum, in uno dei suoi ranch. Comunque, ci mettemmo a giocare e a bere e scoppiò una rissa, come succedeva di solito." Sam raccolse un ciuffo d'erba e se lo mise tra i denti. Scosse la testa, sempre più arrabbiato. "Uno dei nostri, un uomo di nome Entwistle, sparò a un altro che stava giocando, la cosa finì lì. Ce la svignammo, ma la città mise su una squadra e..." Strappò l'erba e la gettò via con disgusto. "Da allora sto scappando."

"Ma non l'hai ucciso tu."

"No, ma ero lì ed ero ubriaco. Ad essere onesti, non potrei giurare su quello che ho fatto o non ho fatto. Ricordo solo che quando mi sono svegliato la mattina dopo la prima cosa che ho fatto è stata controllare la mia pistola. Aveva sei proiettili nel tamburo, quindi...."

Continuammo a lavorare dopo la nostra chiacchierata e da quel momento diventammo amici. Spesso il sabato sera andavamo in città e ci divertivamo, ma senza eccedere. Shapiro non voleva che attirassi l'attenzione su di me. Ma il fatto che Sam fosse stato coinvolto in una sparatoria, deliberatamente o meno, mi fece pensare che avrei potuto usare la sua indubbia esperienza in una rissa per aiutarmi con Julia.

Così, mi venne l'idea della messa in scena e io, l'eroe del momento, sarei arrivato in suo soccorso. Se Sam si chiedeva a cosa servisse tutto questo, non me l'ha mai chiesto. Gli diedi cento dollari per aiutare, questo sembrò soddisfarlo più di ogni altra cosa.

Anch'io andavo al ranch di Cole, quando trovavo il momento giusto. Naturalmente, dovevo stare attento che qualcuno non mi vedesse e non cominciasse a fare domande. Ma, per quanto ne sapevo all'epoca, nessuno mi aveva visto. Mi sdraiavo sul rialzo che dominava il piccolo terreno e la guardavo per la maggior parte del giorno. La vedevo uscire per accudire i cavalli o lavorare nell'orto. Di tanto in tanto un individuo smilzo che conoscevo come Sterling Roose le faceva visita e rimanevano a lungo in casa. Riflettevo. Qualcosa mi diceva che la vita che Julia stava conducendo non era quella che voleva. Cole, così mi confidava, era quasi sempre fuori sul campo, a compiere i suoi doveri con l'esercito. La solitudine la divorava.

Fu mentre tornavo al ranch dopo una di queste visite che fui chiamato da un grosso mandriano di nome Lawrenson. Sorrideva, mostrando una serie completa di denti scheggiati e anneriti mentre stava fuori dalla baracca. Quando smontai, riuscì a malapena a contenere la sua impazienza di afferrarmi per un braccio e portarmi dentro. Non c'era nessun altro in giro. Quando chiuse la porta, e la chiuse a chiave, capii che stava per succedere qualcosa di brutto.

"Va bene", disse fissando la porta, dandomi le spalle. "Devi dirmi dove vai ogni pomeriggio." Prima che potessi rispondere, si girò di scatto e mi sferrò un destro sulla mascella che mi fece cadere di schiena.

Con la vista annebbiata non ebbi il tempo di reagire quando quelle mani grandi e muscolose mi trascinarono in piedi.

"Dove sei andato?"

Il suo ginocchio si alzò e sbatté direttamente nel mio inguine. Il dolore esplose in tutta la parte inferiore del mio corpo e pensai, per un momento orribile, che stavo per vomitare. Era il mio unico pensiero, con la mente confusa mi afflosciai nelle sue forti mani e blaterai. Mi colpì con una mano piatta sul viso e seguì con un altro solido pugno. Sentii le mie gambe come staccarsi da me e colpire il pavimento così forte che avvertii i miei denti battere.

Non so per quanto tempo rimasi sdraiato lì. Il dolore era accecante e la mia faccia sembrava essere passata in un tritacarne. Strane forme e colori danzavano davanti ai miei occhi, ma eccetto queste, non riuscivo a distinguere nulla mentre sbattevo le palpebre e lottavo per mettere a fuoco. Come se non fosse abbastanza, mentre cercavo di spingermi in piedi, un diluvio di acqua ferocemente fredda mi colpì la faccia, facendomi riprendere coscienza. Balbettando, confuso, ma vigile, mi girai e mi sedetti.

Il grande vecchio Lawrenson si appoggiò al muro più lontano, con le braccia incrociate sul petto, sorridendo come se avesse vinto il premio più grande di tutti. "Allora, ti ho osservato, ragazzo, e voglio sapere dove vai. Voglio anche sapere perché sei diventato così amico di quel Caine. Mi sembra *strano* e penso che tu e lui abbiate trovato un bel posticino tutto vostro dove potervi rannicchiare insieme molto vicini."

"Cosa?" Sbattei le palpebre, mi pulii la bocca, riuscii anche a fare una piccola risata di scherno. "Sei fuori di testa?"

"Non c'è da vergognarsi, ragazzo." Sorrise. "Succede continuamente, qui fuori."

"Vergogna di *cosa?* "Mi fece un occhiolino marcato e sentii lo stomaco stringersi quando capii cosa voleva dire. "No, no, non è il mio caso. Ti sei sbagliato, Lawrenson. *Di grosso.*"

"Davvero?"

"Sì, è così. "Feci per alzarmi, ma prima che potessi alzarmi anche solo per metà, mi fu di nuovo addosso, prendendomi per la gola e facendomi correre attraverso la stanza come se fossi un bambino tra le sue mani. Mi sbatté contro la parete più lontana, sbattendo l'aria che era rimasta nei miei polmoni dritto in faccia a lui. Gridai: "Ti prego, Lawrenson, non colpirmi più."

Ridendo, accostò la sua grande faccia unta alla mia fronte. "Dimmi la verità, ragazzino. Dimmi la verità o non smetterò, ti picchierò così tanto che nemmeno la tua mamma ti riconoscerebbe."

"Oh, Dio."

La sua presa si fece più salda. Mi aggrappai al suo massiccio avambraccio, ma fu inutile, era troppo forte. Mi avrebbe ucciso, di sicuro.

La sua bocca premette contro il mio orecchio:

"Siamo una comunità timorata di Dio in questo ranch. Il signor Rancine è un uomo che perdona, ma vive la sua vita secondo il Buon Libro e i degenerati non sono i benvenuti qui. Gli ho parlato delle mie preoccupazioni e mi ha detto di scoprire la verità." Strinse ancora di più. "La verità."

"Per favore, non è vero quello che pensi."

La pressione delle sue dita si allentò un po', permettendomi di parlare più facilmente. "Vuoi farmi credere che tu e lui non state... insieme?"

"Io ..." Deglutii. Sapevo che c'era solo un modo per uscirne vivo, un modo per darmi un vantaggio. Così, mentii. Feci un respiro profondo e dissi, nel modo più debole possibile: "Va bene. È vero..."

"Lo sapevo."

Mi aspettavo un'esplosione di rabbia, mi sbagliavo. Invece, lasciò la sua presa intorno alla mia gola, fece un mezzo passo indietro, una strana morbidezza apparve intorno ai suoi occhi. "Tu e lui siete amanti?"

Annuii, distogliendo gli occhi dai suoi. "Mi dispiace. So che è sbagliato, ma qui fuori, come dici tu, è difficile, difficile attenersi a un percorso naturale."

"Accidenti." Si leccò le labbra, la vista mi fece quasi vomitare, questa volta per davvero. "Sapevo che era vero. Lo sapevo e basta."

"Lo dirà al signor Rancine? Ho bisogno di questo lavoro, Lawrenson, davvero."

"Non glielo dirò, no."

"Grazie."

"Ma solo se fai qualcosa per me." Si avvicinò di nuovo, le labbra rilassate, quella grande lingua che penzolava fuori. "Voglio che fai con me, quello che fai con Caine."

Successe tutto in fretta. Anche se il bruciore continuava a diffondersi nei miei lombi, con la testa ovattata, davanti quest'uomo orribile e disgustoso con la sua mente ripugnante, qualcosa scattò in me. Il coltello era nelle mie mani prima che sapessi cosa stava succedendo e lo spinsi dentro di lui con tutta la mia forza. Ansimando, guardò la lama con orrore. Cogliendo l'attimo, lo pugnalai di nuovo, non una volta, ma diverse volte finché non crollò sul pavimento, contorcendosi in agonia, incredulo. Il sangue zampillava e gorgogliava dalla sua bocca disgustosa. Rimasi a guardarlo, con la mano e il braccio coperti del suo sangue e guardai il suo viso grasso, mi veniva da ridere. E poi morì.

Poco dopo, non so per certo quanto tempo passò, mi trascinai fuori all'aria fresca. Sostenendomi contro il muro esterno della baracca, feci il possibile per calmarmi. Sì, avevo già ucciso prima, ma essere così vicino, sentire il suo odore, vedere la vita morire nei suoi occhi, niente poteva prepararmi a quell'orrore.

Mi assicurai che nessuno mi vedesse mentre mi avvicinavo a Sam Caine. Era nella piccola officina accanto alla stalla, a sistemare selle, staffe e altre cose. Mi fece un rapido sorriso mentre mi sedevo accanto a lui.

"Hai l'aspetto di uno che si è ammazzato di lavoro", disse. "Sei pieno di sangue. Cos'hai fatto, hai fatto il vitello?"

"Sì, proprio così", mentii. "Posso farti una domanda: conosci Lawrenson?"

"Ugh", rabbrividì, speravo significasse che era pieno di disgusto al pensiero di quel grumo di lardo tanto quanto me. Avevo ragione. "Lo odio, mi guarda sempre male. Penso che non sia un uomo a cui piacciono le donne, se capisci cosa intendo."

"Sì. E posso aggiungere, solo come piccolo hors d'oeuvre..." Mi guardò perplesso. "È francese."

"Sai parlare francese?" scosse la testa con stupore e

tornò a togliere le cuciture intorno al pomo della sella su cui stava lavorando.

"So parlare molte lingue. Mia madre era creola."

"Mi stai prendendo in giro."

"Oui."

Ridacchiò. "Sei pazzo, lo sai. Allora, Lawrenson. Cosa ha fatto?"

"Niente. Sono io che ho fatto qualcosa."

Così, glielo dissi e mentre parlavo, Caine diventava sempre più pallido fino a quando pensai che stesse per svenire. Lo aiutai a mettere via i suoi attrezzi, tenne le mani impegnate e sperai che così si calmasse un po'. Insieme, tornammo alla baracca. Avevo già arrotolato il grosso mandriano in un tappeto e ora dovevamo lavorare sodo e velocemente. Lo portammo fuori dove avevamo lasciato i cavalli e lo legammo sul retro del mio. Lawrenson era grande e pesante, ci volle molto sforzo, ma alla fine lo avevamo assicurato. Scrutammo ogni angolo, non c'era nessuno. Il sole, alto nel cielo, picchiava forte, nonostante fosse inverno. La maggior parte dei cowboy era fuori con la mandria, quindi avevamo praticamente tutto il tempo. Alla fine, terminato quel pesante lavoro, cavalcammo attraverso il ranch, oltre i recinti lontani. Mettemmo Lawrenson nel letto di un fiume prosciugato a circa quattro miglia dal ranch, coprendolo con grandi massi e cespugli. Nessuno l'avrebbe trovato se non l'avesse cercato.

Rimanemmo così, mani sui fianchi, respirando a fatica. Uno scambio di sguardi, ma nessuna parola. Immagino che fosse più di quanto Lawrenson meritasse.

Più tardi, ci sedemmo sui cavalletti fuori dalla baracca e facemmo del nostro meglio per ingoiare la cena. Nessuno ci parlava. Una quindicina di noi erano lì, a testa bassa, mentre il cuoco, un messicano di nome Felipe, spargeva cucchiai di cartilagine e sugo. Aveva un aspetto ignobile e un sapore peggiore.

"Cosa farai adesso?" sussurrò Caine. Controllai che nessun altro fosse vicino, mi chinai verso di lui e gli esposi il mio piano, bello, lento e tranquillo. Doveva fingere di rapinare Julia e io gli avrei dato un pugno, non forte. Glielo avevo promesso. La sua espressione diceva che non mi credeva. "Forse coglierai l'occasione per riversare su di me tutto il tuo odio e la tua rabbia. Mi prenderai a calci da qui all'aldilà."

"Non essere sciocco. "Gli feci un occhiolino. "Sei il mio unico amico."

"Lo spero."

Non commentai e tornai al mio pasto. Sarebbe stata la mia ultima volta al ranch, perché il giorno dopo ci saremmo preparati per incontrare Julia. L'avevo osservata e conoscevo la sua routine. Domani avrebbe fatto la sua tappa settimanale al negozio in città. Era tutto pronto e niente poteva andare storto. Niente.

Fu quando ci stavamo preparando per andare a letto che accadde il guaio imprevisto. La porta della baracca si aprì di colpo ed entrò il signor Rancine con il fiato corto, affiancato da due dei suoi migliori capi. Sembravano cattivi, vestiti con lunghi spolverini, le pistole legate, i cappelli che li facevano sembrare più grandi di quanto fossero in realtà, il che faceva parte dello spettacolo, credo.

"Avete visto Lawrenson?"

Eravamo in sei in quella baracca, compresi me e Caine, ci stavamo svestendo e mentre gli occhi di Rancine vagavano su di noi, la sua espressione divenne di disgusto.

"Parla più forte", sputò, facendo in modo che la mano destra si appoggiasse sul calcio della sua Colt dal manico d'avorio.

"Non lo vedo da stamattina", disse un piccolo scricciolo frettoloso di nome Harrowby.

"Nemmeno io", dissero gli altri in rapida successione.

"Perché, signor Rancine", disse Caine e quasi mi venne un conato di vomito mentre facevo del mio meglio per non guardarlo male, "cosa è successo?

"È scomparso", disse Perryman, uno dei capi della pista. "Sei sicuro di non averlo visto?." Alzò gli occhi su di me. "Si dice che tu e lui foste piuttosto amici."

"Non direi così, signor Perryman."

"Allora cosa diresti, ragazzo?." Gli occhi di Rancine si restrinsero pericolosamente, e mi sentii annegare sotto il suo sguardo severo.

"Non sono suo amico", riuscii a dire.

"Altri vi hanno visti parlare, a volte in modo molto intimo."

"No signore. Non in modo amichevole. Non sono mai piaciuto al signor Lawrenson, signore. Mi faceva sempre fare compiti e cose extra, non mi permetteva mai di avvicinarmi ai manzi. Spesso rideva di me, del mio modo di cavalcare, diceva che avevo bisogno di lezioni."

"Allora, dov'è?"

"Signor Rancine, signore, sinceramente non lo so. L'ultima volta che l'ho visto, come ha detto Harrowby, è stato questa mattina."

"Sei sicuro?"

"Lo giuro, signore."

"Perché altri hanno detto di averlo visto dirigersi da questa parte verso mezzogiorno. Dove si trovava a mezzogiorno?."

"Ero in fondo, signore, come sempre, a riparare steccati, a sostituire pali."

"Qualcuno garantisce per te?"

"Posso, signor Rancine", disse Caine. "Siamo tornati verso l'ora di cena, abbiamo lavorato là fuori quasi tutto il giorno."

Stavano tutti in piedi a guardare, mordendosi le labbra o muovendo le dita nervosamente sulle loro pistole. Sembrava che stessero misurando tutto quello che dicevamo, e ci volle molto tempo.

"Va bene", disse infine Rancine e, lanciandoci un'ultima occhiata disgustata, se ne andò con i mandriani alle spalle.

Eravamo seduti lì nella semioscurità, l'unica luce proveniva da una piccola lampada a olio nell'angolo, gettava una luce debole e fioca che faceva sembrare tutto inquietante e un po' irreale.

"Sappiamo tutti che aveva delle tendenze", disse Harrowby dal suo letto. "Innaturali."

"Non saprei", dissi.

"Potrebbe essere questo il motivo."

"Motivo di cosa?"

"Della sua scomparsa."

"Non ti capisco."

"Oh, sai... Forse pensava che tu sapessi, e ha deciso di tagliare la corda prima che il signor Rancine lo affrontasse. Il signor Rancine è tutto preso da quel vecchio modo biblico di punire. Credo che se ci fossero state delle prove riguardo Lawrenson, il signor Rancine lo avrebbe impiccato. Tu che ne pensi?"

"Direi che potresti avere ragione, ma direi anche che io non c'entro niente. Non mi ha mai parlato di queste cose. Forse a te, Harrowby, visto che sembri saperne molto."

Era mezzo fuori dal letto. Anche nella semioscurità potevo vederlo venire verso di me, con i pugni serrati: "Come ti..."

Ma io arrivai per primo e gli diedi un pugno forte sulla mascella, facendolo cadere di nuovo sul letto. Colpì il bordo con la parte bassa della schiena e cadde di lato sul pavimento, urlando. Uno degli altri fece per alzarsi e Caine li fermò mentre estraeva la pistola. "Fermi, ragazzi", disse in quel suo modo calmo e inquietante. Fecero tutti come ordinò e quando

Harrowby si mise in ginocchio a fatica gli sferrai un sinistro in faccia e la cosa finì lì.

Da quel momento in poi sapevamo entrambi che non potevamo più restare lì, in ogni caso.

CAPITOLO QUATTORDICI

JULIA

La aiutò ad accomodarsi su una sedia nella piccola sala da tè all'angolo. Lei tremava e lui ordinò del tè.

"Sta bene?" chiese una cameriera rugosa, una signora dai capelli bianchi e dall'età indefinita, che svolazzava ansiosamente intorno a loro.

"Tra poco starà bene", disse e si chinò a guardarla.

Julia alzò gli occhi e un sorriso fugace le attraversò il viso. Fuori, l'aspirante assalitore si era già allontanato. "Dovremmo informare lo sceriffo", disse con voce stanca e spaventata.

"Credo di averlo riconosciuto."

Lei alzò le sopracciglia. "Oh? Chi è?"

"Uno dei cowboy del ranch di Rancine. Si chiama Harrowby."

"Allora almeno possiamo convincere lo sceriffo ad andare là fuori e affrontarlo."

"Sì, potremmo, ma ormai me ne sono andato da lì. Lavoravo per loro, avevo bisogno di lavoro, ma i loro metodi, beh, non sono così adatti a un ragazzo giovane e ignorante come me." Sorrise.

"Non sei così ignorante, soldato."

Si appoggiò all'indietro, il sorriso ancora evidente. "Allora, si ricorda di me, signorina Julia?"

"Certo che sì." Fece una pausa quando arrivò il tè. La tazza tintinnò contro il piattino quando la mano tremante dell'anziana signora la posò sul tavolo. Julia sorrise. "Grazie." Bevve un sorso prima di posare lo sguardo sull'uomo di fronte. "Lei era presente quando hanno arrestato il sergente Burroughs e poi quando è fuggito."

"Il mio ricordo è che sei stata tu ad aiutarlo a fuggire."

"Beh, suppongo che entrambi abbiamo le nostre ragioni." Fece un altro sorso, rimise a posto la tazza e la studiò per qualche istante. "E ora sei tornato."

"Appena in tempo!"

"Sì. Così pare. Reuben Cole sa che sei tornato?"

I suoi occhi tremolavano, tradendo qualcosa. Paura, nervosismo? Non poteva dirlo, ma c'era qualcosa che lo faceva sentire a disagio.

"Non devi preoccuparti", continuò lei, "Cole ha pesci molto più grossi da prendere. In questo momento è alla ricerca di qualche Apache fuggito."

"Lavoro pericoloso."

"Infatti, signor Nolan."

Inspirò e si sedette all'indietro, incrociando le braccia sul petto. "Non mi chiamo più con quel nome. È un'altra parte di me che preferirei lasciarmi alle spalle."

"Come ho detto, non mi preoccuperei di Cole."

"Non sono preoccupato. Ad essere sincero, è l'altro esploratore che ho steso a freddo che mi preoccupa di più. Roose?"

"Sterling? Sterling è un uomo buono, onesto, giusto. Sta cercando di diventare sceriffo di questa città, quindi forse dovresti stargli alla larga." Finì il suo tè con un forte schiocco di labbra, lei lo studiò, cercando un'ulteriore reazione. "Tutto quello che è successo allora è un capitolo chiuso, signor Nolan. Abbiamo entrambi commesso degli errori, cose di cui ci pentiamo. Non dobbiamo più parlarne."

"Del passato?"

Lei annuì. "Sono in debito con te per quello che hai fatto oggi, quindi se c'è qualcosa che posso fare in cambio..."

Lo lasciò lì, l'invito, aspettando che lui reagisse. Lui prese tempo, poi lentamente, le sue braccia si distesero, le spalle si rilassarono, e apparve un sorriso. "Ad essere onesti, c'è qualcosa..."

"Lo immaginavo."

Lentamente le parlò, e lei ascoltò. Quello che lui offriva sembrava perfettamente a posto. La fattoria aveva bisogno di manodopera, qualcuno che la mettesse a posto, si occupasse dei cavalli, riparasse il tetto della vecchia stalla, la lista era lunga. E lui poteva essere quello giusto, purché Cole non lo scoprisse. O Roose. Che Dio li aiuti tutti se Roose l'avesse scoperto!

"Va bene", disse Julia, giungendo rapidamente alla sua decisione. "Qualunque cosa sia successa in passato ha poca importanza visto il tuo intervento di oggi, signor Nolan. Quando puoi iniziare?"

Si fece avanti, raggiante: "Questo pomeriggio?."

CAPITOLO QUINDICI

IL RANCH

Con il suo cavallo agganciato alla parte posteriore del piccolo calesse, Nolan si sistemò accanto a Julia e fece del suo meglio per apparire rilassato. Dentro di sé era un'accozzaglia di nervi, distoglieva gli occhi da ogni sguardo interrogativo. Solo quando furono ben lontani dalla città, si concesse un lungo sospiro e si mise a studiare la campagna circostante.

"Non l'ho visto", disse Julia senza voltarsi, gli occhi fissi davanti a sé.

"Chiedo scusa?"

"L'uomo che mi ha attaccato. Mi aspettavo quasi di vederlo ancora steso in strada. Dove pensi che sia scappato?"

"Ovunque, credo. Il più lontano possibile da qui."

"Come puoi essere così sicuro?"

Scrollando le spalle, Nolan arricciò la bocca prima di accarezzare la Colt al suo fianco. "Non sarebbe così stupido da riprovare una cosa del genere."

"Non mi sembrava un tipo spaventato."

"Sarà più che spaventato se oserà mostrare di nuovo la sua faccia, ve lo posso garantire."

"Penso che sarebbe stato meglio riferirlo allo sceriffo."

Lui si voltò e, per un minuscolo istante, la sua mano

si posò sul ginocchio di lei. Prima che lei potesse reagire, lui si ritirò e sospirò. "Cosa potrebbe fare lo sceriffo? Mandare una squadra?" Lui scosse la testa. "Non ne avrebbe né il tempo né la voglia, credimi."

Non successe nient'altro tra loro finché Julia non guidò il calesse dietro l'ultima curva, il panorama che si apriva davanti a loro mostrava il piccolo ranch di Cole apparve incastonato in mezzo a campi ondulati, alcuni racchiusi da recinzioni bianche. In lontananza, le montagne formavano una barriera naturale a qualsiasi cosa ci fosse al di là. I Territori ancora inesplorati, vasti, instabili per la maggior parte, ma era una zona che stava per essere attraversata dalla ferrovia, aprendo l'America al mondo.

"Roose ha parlato di problemi nel nord", disse, guidando il calesse lungo la leggera pendenza che era l'ultima tappa del viaggio verso il ranch. "Le tribù resistono alle richieste di mandarli nelle riserve."

"Sono tutte sciocchezze", disse Nolan. "Non ha niente a che vedere con le riserve."

"Oh? Stai dicendo che Roose ha torto?"

"Si sbaglia, forse. Si è bevuto la bugia."

"Bugia? La bugia di chi?"

"Del governo. Hanno trovato l'oro nelle Black Hills, e quella è terra indiana. I Sioux ne sono proprietari, ma sempre più cercatori d'oro e simili stanno invadendo ciò che gli indiani considerano sacro. Ma ai bianchi questo non interessa, a loro interessa solo l'oro."

"Pensi che ci saranno problemi?"

"Se l'esercito decide di andare a proteggere quegli stessi cercatori, allora si scontreranno con i Sioux."

"Forse l'esercito non deciderà di fare una cosa del genere."

"Quando si tratta di oro, il governo degli Stati Uniti vuole la sua parte."

"Pensi che questo possa avere un impatto su di noi quaggiù?"

"È così lontano che penso che possiamo stare tranquilli, a meno che, naturalmente, i Comanch e i Kiowa non facciano la stessa cosa. Allora potrebbero esserci dei problemi."

"E gli Apache? Cole sta seguendo gli Apache in questo momento."

"Gli Apache sono diversi, tendono a viaggiare in piccoli gruppi. E combattono in modi diversi. Raid, incendi, saccheggi e imboscate. Cose del genere."

Un'ombra cadde sul volto di Julia, il suo viso tirato, addirittura abbattuto. Nolan la studiò ma non parlò. Dovette lottare duramente per trattenersi dal sorridere.

CAPITOLO SEDICI

COLE

Muovendosi tra l'ammasso di rocce, Cole si tenne basso, avanzò strisciando senza far rumore. Aveva circumnavigato il luogo in cui si trovava l'Apache più lontano, praticamente nascosto tra i massi. Da dove si trovava in quel momento, Cole aveva una linea di vista perfetta. Tirando su l'Henry, guardò con gli occhi lungo la canna. Un colpo facile. In un batter d'occhio l'Apache sarebbe morto, e poi sarebbero potuti tornare tutti al forte, a leccarsi le ferite e forse a imparare qualcosa dai loro errori.

Ma Cole non premette il grilletto. Rimase nella sua posizione per lunghi, angoscianti minuti, mentre dentro di sé discuteva la cosa migliore da fare. L'Apache era giovane, astuto, non aveva più colpe di chiunque altro, coloni bianchi compresi, per lo scoppio della violenza. Forse una dimostrazione di pietà avrebbe persuaso l'Apache ad arrendersi, forse persino a scomparire nelle pianure infinite, a spostarsi più a sud, in Messico. Era un rischio. Non tutti gli Apache erano tipi che perdonano, ma forse questo, essendo così giovane, poteva considerare il gesto di Cole come un'opportunità per ricominciare. Farsi una nuova vita. Una vita senza violenza.

In piedi, Cole si avvicinò, l'Henry all'altezza della

vita, il corpo teso come una molla, pronto ad entrare in azione in caso di necessità.

La maggior parte non era in grado di battere un Apache, figuriamoci muoversi alle sue spalle senza farsi sentire. Cole, a differenza di altri esploratori, aveva affinato le sue abilità ad un alto livello e, per molti versi, era più abile nelle tattiche di guerriglia di quelli che seguiva. Una vita nelle pianure lo aveva dotato di una serie di abilità che superavano quelle di quasi tutti gli altri. Ora, in piedi a una decina di metri dietro il giovane guerriero, si fermò, imbracciò di nuovo l'Henry e disse con calma: "Non muoverti, ragazzo."

L'unica reazione dell'Apache fu un leggero abbassamento delle spalle, segno di rassegnazione e di sconfitta. Lentamente, girò la testa e i suoi occhi scuri incontrarono quelli di Cole. I due si fissarono, l'uno nell'anima dell'altro.

"Ti chiedo solo di posare il fucile e di allontanarti. Ti ucciderò solo se farai qualche mossa improvvisa."

Poi accadde qualcosa di straordinario. Il volto dell'Apache si ruppe in un ampio sorriso. "Tu sei *Colui che viene*. È un onore essere ucciso da te."

"E tu che ne sai?"

Questo sembrò causare al giovane indiano un lampo di dubbio. Il suo viso si corrucciò in una smorfia. Annuì. "I miei amici sono morti?"

"Tutti quanti."

"E ora anch'io mi unirò a loro."

"Solo se è quello che vuoi. Puoi scegliere."

"Posso scegliere? Mi risparmierai?"

"Se te ne vai, lascia questo posto, vai verso sud. Non tornare mai più."

"Questo è tutto?"

"Questo è tutto."

Considerando le sue opzioni e rendendosi conto di non averne nessuna, il giovane Apache abbassò lo sguardo, posò il fucile a terra e si alzò. "E gli altri tuoi amici? Loro mi vogliono morto."

Cole gesticolò con la sua pistola. "Dirò che quando sono arrivato, te n'eri già andato. Nessuno ti seguirà."

"Perché fai questo?"

"Perché non ne posso più. Di uccidere. Ho perso il conto di quanti uomini ho sotterrato. È ora che mi allontani... ma se mi incroci, ti aggiungo alla mia lista."

Un leggero sorriso. "Non ci incontreremo di nuovo, Colui che viene. Parlerò di te a tutti quelli che incontrerò."

"Sì, beh, assicurati di farlo giù in Messico."

Cole tornò dal resto delle truppe, con il cuore pesante, incerto riguardo la sua decisione. L'Apache era stato indirettamente responsabile della morte di troppe persone, compreso il giovane Vance. Era stata fatta giustizia con il suo gesto? Sapeva che era una scommessa. Quell'Apache avrebbe potuto continuare con la sua violenza e portare caos e disperazione a molti altri. Famiglie. Cercatori. Coloni. Persino soldati. Oppure, come credeva davvero, l'indiano avrebbe colto l'occasione, si sarebbe allontanato dalla violenza e sarebbe scomparso in un mondo abbastanza grande per tutti.

I morti erano disposti in due file ordinate. Le truppe ne formavano una, gli Apache l'altra. In piedi tra loro c'era il capitano Fleming, con le mani sui fianchi, affranto, immerso nei suoi pensieri. Si mosse a malapena quando Cole gli si affiancò.

"Niente?"

"Se n'era andato."

Un leggero giro di testa. "Non l'hai rintracciato?"

"È un Apache, a piedi. In questa vastità di paese, potrebbe essere ovunque. Avrei potuto andargli dietro, ma senza garanzie di tornare indietro."

"È così bravo?"

"È un Apache."

Grugnendo, Fleming tornò a studiare i corpi. "Abbiamo perso troppi uomini validi oggi, Cole. Avrei dovuto darti retta."

Gli occhi di Cole si posarono sul cadavere di Vance e non poté fare nulla per trattenere il tremito dalla sua voce mentre parlava: "Tutti abbiamo commesso errori di cui ci pentiremo, capitano. Facciamo i bagagli e torniamo al forte."

"Ci sarà un'inchiesta."

"E non troveranno nulla che metta in discussione il tuo comando, credimi."

"Tu stesso hai detto che avrei dovuto..."

Cole mise una mano sul braccio di Fleming. "Penso che siamo già stati puniti abbastanza, eh?." I loro occhi si incontrarono di nuovo e in quel momento, si comunicarono silenziosamente qualcosa. Una tacita ammissione di errori, del bisogno di perdono.

"Mi dimetto dal mio comando", disse il capitano, la sua voce stranamente distante, i suoi pensieri altrove.

Lasciando che la sua mano scivolasse via dal braccio dell'ufficiale, Cole non aggiunse nulla. Le parole del capitano facevano eco ai suoi stessi sentimenti. L'orrore degli ultimi momenti aveva fatto capire a entrambi che la violenza non portava a nulla, se non ad altra violenza. Un circolo vizioso che doveva essere spezzato, se questa terra doveva diventare un luogo di prosperità e speranza.

Dopo che i corpi dei soldati furono caricati sui cavalli, e quelli degli Apache bruciati, i sopravvissuti fecero il loro scomodo ritorno al forte, tutti immersi nei loro pensieri, tutti sconfitti dalla perdita dei compagni e dalla realizzazione che nulla era stato guadagnato.

CAPITOLO DICIASSETTE

ROOSE

"Farò quello che posso", disse lo sceriffo Perdew, in piedi sul portico, guardando la strada mentre i cittadini andavano e venivano. Accanto a lui, Roose fumava tranquillamente una sigaretta. "Il tuo curriculum ti sarà utile, Sterling, e devo dire che sono sollevato. Trovare sceriffi da queste parti è quasi impossibile e ci sono molte città che non hanno nessuno che faccia rispettare la legge. Penso che farai un buon lavoro, e appoggerò la tua domanda senza riserve."

"Ti ringrazio, Nathan. Davvero. Non ho preso questa decisione facilmente, ma sento che è quella giusta. Sono stufo di cavalcare attraverso la catena montuosa, dando la caccia alla gente per interminabili settimane. Il mio lavoro per l'esercito è quello di cercatore, ma troppo spesso ho dovuto sparare con la mia pistola. Se devo farlo, preferisco farlo per i motivi giusti. Cole ed io abbiamo visto troppe uccisioni e tutte inutili. Ho bisogno di sapere che sto facendo qualcosa di utile, di buono."

"Beh, questo è un discorso molto profondo, Sterling. Non so se questo lavoro ti fornirà tali cose, ma è un lavoro che deve essere fatto, e bene. Siamo fortunati perché non abbiamo ladri e furfanti che si infiltrano nella vita della brava gente di qui. In periferia ce ne sono stati, come sapete, ma questa città è una buona città. L'occasionale rissa tra ubriachi il sabato sera, forse una moglie che riceve il pugno vigliacco di qualche bruto, piccoli misfatti, furti di fondi della chiesa, truffatori che vendono atti senza valore a gente vecchia e confusa. Sempre le stesse cose, ma niente di serio. Santo cielo, potresti anche annoiarti, Sterling."

"Annoiarmi è esattamente quello che vorrei, Nathan."

Lo sceriffo tirò un enorme respiro, gonfiando il petto, trattenendolo, poi rilasciandolo a lungo e lentamente. "Devo dire che mia moglie sarà molto contenta. Non fa altro che blaterare sul fatto che io dovrei fare dei lavori in casa, sistemare e tutto il resto. Sto pensando che il mio ritiro dalle forze dell'ordine non sarà una passeggiata come speravo."

"Il tempo con i propri cari è la cosa più importante di tutte, Nathan."

"Ma tu non hai una famiglia tua, vero Sterling? Non ti sei mai sistemato."

"Non ho mai trovato la donna giusta." Sentì il calore salire da sotto il colletto, perché naturalmente *aveva* trovato la donna giusta. Semplicemente lei non lo sapeva ancora.

"Forse essere l'uomo più importante di questa città ti porterà un po' di attenzione."

Sterling si mise a ridere. Poteva essere, oppure no. In ogni caso, se le cose fossero andate come sperava, avrebbe potuto trovarsi a condividere la vita con qualcuno prima di quanto chiunque, incluso Nathan, si sarebbe aspettato.

E anche Cole.

Circa un'ora e due whisky a testa dopo, una signora un po' scombussolata e agitata, con i capelli bianchi e le mani piccole e avvizzite, fece irruzione nell'ufficio dello sceriffo. Balbettando una raffica di parole incomprensibili, Nathan fece del suo meglio per calmarla, mentre Roose la guardava, leggermente stupito.

"Si calmi, cara signora", disse Nathan, lanciando un rapido occhiolino a Roose. "Vuole che le porti qualcosa? Tè, caffè?"

"Sceriffo", disse lei senza fiato, "ho il mio negozio di tè e non ho l'abitudine di bere quello degli altri."

"No, no, certo che no." Prese un'altra sedia e si accostò a lei: "Allora, mi dica cos'è tutto questo...."

"Ho assistito a tutto. Pensavo che potesse venire subito a dirglielo, in modo che lei potesse arrestare quel villano, ma non ne sono affatto sicura... non ne sono affatto sicura..."

"Mi dispiace, se solo mi dicesse..."

"Cos'è non ci sente, sceriffo! Gliel'ho detto! Un brutto ceffo la minacciava con la sua pistola e quell'altro giovane che lo metteva al tappeto, salvando la situazione. Perché non lo sa?"

"Perché me lo dice solo ora."

"Vuole dire..." Lei guardò Roose, sconcertata e confusa. "Devo dire che avrei pensato... Non è venuta a dirglielo?"

"Chi non è venuto a dirci cosa?" chiese Roose, il più calmo possibile. Non c'era motivo di agitarla più di quanto non lo fosse già."

"La signorina *Julia,* naturalmente."

Roose si alzò dalla sedia in un batter d'occhio e si avvicinò alla vecchia donna, con il corpo teso, sapendo che si trattava di cattive notizie. "La signorina Julia? Cosa intende dire? Cos'è successo?"

"Era nel suo calesse, era appena scesa a comprare della merce nel negozio del mercante, come fa sempre in questo giorno. Questo villano deve aver tentato di derubarla, ma non ne sono sicura perché mi sono affacciata solo quando è iniziato il trambusto.”

“Trambusto?”

“Perché sì. Questo giovane, come ho detto, l'ha aiutata. Probabilmente le ha salvato la vita, non dovrei meravigliarmi. Ha scaraventato questo rapinatore, questo *ladro* a terra, poi l'ha portata nel mio negozio per calmarla. Era un bel tipo, e la signorina Julia, beh, si vedeva quanto gli fosse grata. Non c'è da meravigliarsi se si è presa una cotta per lui.”

“Chi era?”

“Non ne ho idea. Una faccia giovane, buona, aperta e onesta, ma cavolo, era come l'inferno su ruote quando ha messo quell'altro a terra.” Guardò da uno all'altro. “Perché non è venuta a denunciarlo? E lui? Il ladro, dov'è?”

Lo sceriffo si appoggiò, scuotendo la testa. “Questo mi piacerebbe saperlo.”

“Ma la signorina Julia è salva? Illesa?”

“Sembrava. L'ultima volta che l'ho vista stava salendo sul suo calesse con quel simpatico giovane accanto a lei.”

“Tornava a casa sua?” chiese lo sceriffo.

“Quella è la casa di Cole”, scattò Roose, raddrizzandosi. “E non hai idea di dove sia andato quest'altro tizio, l'aggressore?.”

“No signore. È per questo che sono qui. Era sparito e ho pensato che fosse qui, nella prigione. Ma vedo che non è così.”

“Allora, dov'è?” chiese Nathan.

“Non lo so.”

“Sembra che tu abbia qualche traccia da seguire, Sterling, nonostante quello che hai detto.”

“Sì, ma prima vado a controllare Julia.”

“Pensi che ci sia qualcosa che non va?”

“Non ne sono sicuro. Ma ho intenzione di scoprirlo.”

CAPITOLO DICIOTTO

JULIA E NOLAN

S tavano facendo il giro della recinzione, Julia indicava ciò che c'era da fare e quando tornarono ai cavalli si appoggiarono sulla parte superiore della recinzione e guardarono quegli animali maestosi, entrambi persi nei loro pensieri.

"Sono degli animali bellissimi", disse Nolan, senza distogliere lo sguardo dai cavalli mentre scalpitavano e giocavano tra di loro.

"Credo che Cole abbia investito la maggior parte dei suoi risparmi per comprarli. Sta pensando di mettere su una scuderia e vendere all'esercito."

"Può essere profittevole", disse Nolan. "So che era quello che Rancine sperava di fare, tra le altre cose."

"Non pensi di tornare da lui?"

Gli venne in mente un'immagine del corpo morto e gonfio di Lawrenson, come i massi schiaffeggiavano il suo ventre gonfio mentre giaceva in quel fosso, e rabbrividì. "No, grazie! I miei giorni di lavoro per quel miserabile vecchio imbroglione sono finiti. Lavorerò per te, se mi vorrai."

Lui si voltò verso di lei e lei distolse rapidamente lo sguardo, con le guance arrossate. Lui tornò ai cavalli e sorrise.

"Non so mai quando Cole tornerà", disse lei

lontanamente. "È sempre in ricognizione per l'esercito, e vivendo qui, così sola e isolata, così lontano dalla città, devo ammettere che ho paura."

"Sono certo che sei al sicuro."

"Forse, ma comunque, nelle notti fredde e cristalline sento i coyote ululare e vorrei che ci fosse qualcuno con me."

"Beh, hai Cole."

"Cole non è il tipo che vuole sistemarsi. È stato gentile con me, su questo non posso discutere, ma non è il più *amorevole degli* uomini, se capisci cosa intendo."

"Penso di sì." Si girò e si appoggiò alla recinzione. Fissò la capanna di legno, un bagliore giallo che filtrava dalla porta aperta. Un posto in cui sistemarsi, questo era sicuro. "Mi sembra che sia un uomo che non apprezza quello che ha."

"Potresti avere ragione. Passa spesso del tempo a casa di suo padre. Caspita, è una casa impressionante, ma c'è qualcosa tra loro, una distanza che impedisce a Cole di trasferirvisi. È uno spirito inquieto. Forse è per questo che va in esplorazione."

"Ho sentito dire che è un uomo pericoloso."

"Oh sì, lo è."

"E il suo compagno, che ne è di lui?."

"Partner? Intendi Sterling?" Nolan annuì, attento a non essere troppo impaziente. "Viene di tanto in tanto. Sterling non è affatto come Cole. È caloroso, di buon cuore, mi chiede sempre come sto, se c'è qualcosa che può fare per aiutarmi."

"Forse è un po' innamorato di te?"

Quel rossore diventò più evidente. "Signor Nolan, non dovresti fare certe domande. Sterling Roose è un gentiluomo e non avrebbe mai..."

"Chiedo scusa, signorina Julia", disse rapidamente Nolan, spingendosi fuori dal recinto per guardarla con occhi profondi e sinceri, "ti ho insultata e non era mia intenzione. Ti prego di perdonarmi."

"Non c'è niente di compromettente tra me e Sterling. Niente di niente."

"No, no, certo che no. Non intendevo... Guarda, lascia che ti accompagni a casa, mi assicurerò che tu sia al sicuro e poi mi congederò."

"Non è necessario. È solo ch... vivendo qui fuori..." Accarezzò una ciocca di capelli indisciplinata. "Mi sento così sola. Sterling è gentile, ma non farebbe mai... Lui e Cole si conoscono da anni."

"Sì, capisco."

"Forse quando sarà il momento per me di andare avanti... Ma questo è un pio desiderio."

"È così? Hai intenzione di andare avanti?"

"Cole ha detto chiaramente che non vuole una relazione. Mi sta solo dando un rifugio sicuro. Parole sue, non mie."

"Capisco."

"E tu?"

"Speri che quando finalmente andrai avanti, Sterling ti sarà al tuo fianco. È così?"

"Forse."

Cadde il silenzio fino a quando, inaspettatamente, Julia fece un pesante sospiro, unì il suo braccio a quello di Nolan e lo riaccompagnò alla casa.

"Ti preparo la cena", disse lei.

"Mi piacerebbe."

Sorrideva, ma quel sorriso esteriore non era neanche lontanamente grande quanto quello enorme che si stava sviluppando all'interno.

Poco dopo, con il sole che cominciava a scendere sotto l'orizzonte, Nolan si avviò verso la città di Paradise. Le cose si stavano sviluppando bene, ora tutto quello che doveva fare era regolare il suo conto con Caine. Caine era un buon amico, ma non c'era posto per lui nei suoi piani. Shapiro non avrebbe preso bene il fatto che un estraneo fosse al corrente della rapina, quindi si sarebbe dovuto occupare di tutto. Questo fu un vero e proprio colpo al cuore per Nolan. Era affezionato al giovane mandriano. Condividevano molti interessi e i loro momenti privati erano stati tra i più belli che Nolan avesse mai conosciuto. Forse non così affettuosi come il momento che aveva appena condiviso con Julia, ma abbastanza vicini. Tuttavia, gli affari erano affari e bisognava tirare le somme. Cavalcò con una cupa determinazione, ma con un ampio sorriso sul volto. I ricordi di Julia si agitavano in lui e non vedeva l'ora che arrivasse la prossima volta che sarebbero stati insieme. Raccontarle alcuni dettagli del piano non si rivelò poi così difficile. È vero, aveva tralasciato la parte in cui Cole e Roose sarebbero morti, ma lei sembrava più che disposta a unirsi a lui dopo la rapina. Quello che successe tra loro dopo la cena, l'urgenza, lo scatenarsi di tanta lussuria repressa... Questi pensieri gli alleggerirono l'umore e lui cavalcò in una sorta di stordimento.

Era così perso nei suoi pensieri che non vide il cavaliere solitario nascosto dietro un affioramento di grandi rocce frastagliate. Si può dire che non avrebbe comunque notato il cavaliere, perché era un uomo di grande abilità e furtività. Nolan cavalcava, l'uomo guardava e quando Nolan fu ben fuori dalla vista, il cavaliere girò il suo cavallo e si diresse verso la casa isolata di Julia, lo sguardo fisso.

Stava appena accendendo le candele quando sentì il calpestio sulla veranda esterna e si bloccò, chiedendosi cosa fare. Poteva essere chiunque, naturalmente, ma a quest'ora, così tardi? Mentre rimaneva radicata sul posto, riflettendo, la tensione aumentava. La porta era sprangata, quindi chiunque fosse non poteva fare irruzione. Aveva tempo. L'Henry era sopra la porta, e

Cole aveva insistito per tenere la Wells Fargo nel cassetto del comodino. Entrambe le armi le sembravano troppo distanti, ma sapeva che avrebbe dovuto sceglierne una.

Lottando per calmare il suo cuore martellante, si disse che poteva essere Nolan, tornato per rassicurarla che quello che le aveva detto nel pieno della passione non era vero. La storia che lui l'aveva cercata per il suo bene, e non come parte del suo piano cervellotico per uccidere sia Cole che Roose per assicurarsi che la città fosse un facile bersaglio per la rapina alla banca che stava per avvenire. Poteva essere così? Poteva essere che Nolan era, come lui le aveva detto mentre giacevano supini nel letto che lei condivideva con Cole, un uomo cambiato, che lei lo aveva affascinato, che gli aveva fatto desiderare di prendere un'altra strada?

Saltò per la paura al suono dei forti colpi alla porta. Aspettando, trattenne il respiro, fissava la porta con gli occhi spalancati.

"Julia, sei lì dentro?"

Rimase a bocca aperta, quasi non osando credere a chi avesse parlato. "Sterling?"

"Oh, grazie a Dio, ho pensato che... apri la porta, vuoi? Ho bisogno di sapere che stai bene."

Con dita tremanti, scostò la sbarra e aprì la porta, ansimò quando vide il volto selvaggio e spaventato di Sterling Roose.

Senza una parola, la abbracciò, tenendola stretta per diversi lunghi minuti.

"Sterling", disse lei nella spessa stoffa del suo cappotto, "lasciami andare, mi stai soffocando."

"Oh, Dio", disse lui e la liberò, mettendole immediatamente le mani sulle spalle. "Mi dispiace, ma ero così preoccupato quando ho scoperto cosa era successo."

"Cosa?"

"In città. L'attacco."

Facendosi da parte, Julia fece cenno a Roose di entrare, poi chiuse la porta dietro di lui, rimettendo la barra al suo posto. Tirando indietro la solita ciocca di capelli indisciplinati, si accigliò al suo sguardo preoccupato. "Sterling, è tutto a posto." Gli passò accanto a grandi passi. "Posso offrirti un caffè?"

"No, non ho... Julia, chi era quell'uomo, l'uomo che ho visto uscire poco prima del mio arrivo?"

Sentì la spina dorsale irrigidirsi. Dandogli le spalle, mentre tracannava il caffè , immaginava tuttavia come sarebbe stata la sua faccia. Di accusa. Lui sapeva. Aveva visto Nolan e ora lei aveva una semplice scelta: mentire o confessare. Si girò. "Oh. Era, *è*, l'uomo che mi ha aiutato."

"Ti ha aiutato in cosa?" Si avvicinò: "Julia, mi è sembrato di riconoscerlo."

"Davvero? Non vedo come, lui è... Sterling, perché non ti siedi, e io preparo del caffè, poi possiamo parlare." Lei gli rivolse il suo sorriso più disarmante, ma questa volta non sembrò funzionare. L'esploratore dell'esercito rimase immobile, studiandola. Lei si rese conto del suo abbigliamento: la camicia da notte in disordine, la mancanza di indumenti intimi, i capelli selvaggi e spettinati, che Nolan aveva accarezzato con le dita, spingendola a cedere. E lei aveva ceduto. E Roose lo vedeva, i suoi occhi lucidi, tremolanti di lacrime, esternavano di tutti i suoi pensieri interiori.

"Chi era?"

Un'alzata di spalle prima di tornare al caffè. "Come ti ho detto, l'uomo che mi ha aiutato. Sono stata aggredita. Una tentata rapina. È venuto in mio aiuto, questo è tutto."

Si avvicinò a lei, la fece voltare, le sue dita piantate nella carne morbida dei suoi bicipiti. "Sterling, *mi fai male!*"

"Ho detto che l'ho riconosciuto. So chi è."

"Allora, e quindi?"

"Era Nolan, vero? Il mascalzone che mi ha steso nella prigione, mi ha quasi rotto il cranio. E ora tu e lui... Oh Signore, Julia. Che cosa hai fatto?"

"Non essere così infantile", disse lei, scacciando le sue mani. La rabbia saliva, incontrollata. "Va bene, sì, è Nolan! E allora? Non è un crimine invitare in casa l'uomo che ti ha salvato la vita."

"Salvato la vita? Da cosa?"

"Te l'ho detto – sono stata avvicinata, minacciata. Un uomo armato pretendeva che gli dessi tutti i miei soldi e Nolan era lì, per aiutarmi."

"È andata così?"

"Cosa?" Lei si fermò, non riusciva a capire il suo punto di vista, la rabbia crescente accecava la sua ragione. "Cosa vuoi dire?"

"Strano che lui fosse lì per caso – l'uomo che mi ha fatto perdere i sensi a suon di bastonate e ti ha permesso di liberare il sergente Burroughs."

"Non ha fatto niente del genere!"

"E il capitano Phelps, che dire di lui? È morto e tu ti sei presa la colpa. Ma non sei stata tu, come io e Cole sospettavamo. È stato Nolan? È per questo che è scappato, vero? "I suoi occhi bruciavano. "Dimmi, è *stato lui?* "

"Sei pazzo, Sterling. Niente quello che dici è vero."

"Allora perché se l'è svignata? Mi è sembrato piuttosto colpevole."

"Non ci sono prove , nessuno può provare nulla. Il sergente Burroughs era il colpevole, quello che rubava i cavalli dell'esercito e li vendeva ai messicani."

"Va bene, allora mi spieghi perché Nolan è apparso all'improvviso, dal nulla. Spiegamelo."

"Come ti permetti! Non devo spiegarti niente."

"No, e non vuoi nemmeno spiegare il vero motivo per cui era qui stasera." I suoi occhi si abbassarono e vagarono sul corpo di lei. "Posso vedere molto chiaramente quale sia stata questa ragione, Julia. Molto chiaramente."

Lei lo colpì in faccia con una forza tale da farlo cadere all'indietro, stordito. "Vattene", urlò lei. "Esci da casa mia, lurido, spregevole..."

Stringendosi la faccia, Roose forzò una risata: "Casa *tua*? Mi chiedo cosa farà Cole, dopo aver saputo della vostra piccola tresca!"

"Vattene. Esci subito!"

Senza un'altra parola, Roose lo fece. Più forte del bruciore sul suo viso, fu il bruciore nel suo cuore che gli fece venire le lacrime agli occhi.

CAPITOLO DICIANNOVE

NOLAN

Scese da cavallo a una certa distanza e si prese un momento per sistemarsi. Era tardi, la sera era ormai arrivata, ed era certo che nessuno lo avesse visto trottare fino all'ingresso del cimitero della città. Sistemando il cinturone della pistola – anche se non aveva intenzione di usare la Colt che teneva nella fondina al fianco – legò il cavallo al cancello e si mosse lungo lo stretto sentiero che si snodava fino in cima. Le file ordinate di semplici croci con le loro semplici iscrizioni riflettevano la notte stellata dalle loro superfici bianche e il bagliore gli fece correre un brivido strano nel corpo. Non gli erano mai piaciuti i cimiteri, e mentre camminava, ricordava come stava accanto alla tomba di suo padre, con le lacrime che gli scendevano sulle guance mentre li guardava calare la bara grezza in quel terribile buco nero. Avrebbe giurato di aver sentito il vecchio gridare: "Fatemi uscire, fatemi uscire!" Ora, eccolo di nuovo qui, non subiva un lutto, questa volta, lo causava. Causava morte.

Caine sbucò dal buio sempre più profondo e si strofinò le costole, sembrava più che arrabbiato.

"Come va?" disse Nolan.

Caine fissò il suo amico. "Come va? Un colpetto,

avevi detto, niente che faccia male, avevi detto. Beh, fa male, un male cane!”

“Dovevo farlo sembrare realistico. Altrimenti avrebbe sospettato.”

“Credo che tu l’abbia fatto perché lo volevi.”

“Ah, diavolo, Caine, non fare così...”

“Ti è piaciuto.”

“Roba da pazzi!”

Nolan ne approfittò per guardarsi intorno. La notte aveva ormai inghiottito tutto e non c’era un’anima – viva o morta – nelle vicinanze. Ciononostante, non riusciva a scacciare la sensazione di occhi invisibili che lo osservavano. Occhi dalle tombe, occhi che accusano, che maledicono. Rabbrividì e Caine lo notò. “Vedi, sai che è vero.”

“Non è questo, è solo che non mi piace questo posto.”

“Allora perché l’hai scelto? Mi sembra che tu non sappia cosa stai facendo ultimamente. Il tuo cervello è tutto scombussolato e vedendo quella bellezza in quel calesse posso capire perché.”

Caine si avvicinò.

“No, no, quello, *lei* non ha niente a che fare con tutto questo.”

“Non mentirmi! Avevamo un buon accordo, hai detto. Lei ha dei soldi, soldi che potremmo rubare per poi sistemarci su nel Wyoming. Questo è quello che hai detto.”

“Ed è quello che voglio ancora che accada, Caine. Tu ed io. Proprio come sempre.”

“Sei sicuro?”

“Sì, sono sicuro.” E per sottolineare la sua sincerità mise una mano sulla spalla del suo amico e la strinse. “Tu ed io.”

“Va bene.” Fece una piccola risatina e si strofinò il lato del viso. “Di sicuro sai fare a pugni quando vuoi, te lo concedo. Non voglio mai fare a botte con te.”

"Allora è un bene che siamo ancora amici."

"Sì, hai ragione. Mi dispiace."

Nolan lasciò scivolare la sua mano dalla spalla dell'amico. "Sono io quello che dovrebbe chiedere scusa."

"Beh, consideriamolo parte del piano, ok."

"No, dico davvero. Mi dispiace. Sei sempre stato così buono con me."

Un leggero irrigidimento delle spalle di Caine, segno della sua confusione. "Eh? Cosa vuoi dire?"

Nolan si girò a metà, facendo oscillare il suo corpo in un arco acuto, il coltello nella sua mano trafisse il corpo di Caine, spingendo verso l'alto, sotto la gabbia toracica, attraverso gli organi vitali, perforando i polmoni. La potenza del colpo fu enorme, e lui grugnì per la forza del colpo, ma Caine fece più rumore. Uno stridio alto e acuto, se per il dolore o per la sorpresa, Nolan non sapeva dirlo. Affondò il coltello ancora di più ed entrambi caddero sulla croce più vicina e atterrarono con un tonfo al suolo.

Gli occhi di Caine brillarono nell'oscurità e Nolan vi vide l'angoscia, la tristezza. Tradito. Ucciso dall'unico uomo a cui aveva voluto bene. Nolan lo vide e tenne la lama in profondità, sempre più in profondità, fino al momento in cui si fermò il cuore e vide la vita svanire nel nulla.

Si alzò e guardò.

E poi pianse.

CAPITOLO VENTI

NELLA NOTTE

A differenza del dei colpi alla porta insistenti di Sterling, questo era un bussare leggero, esitante e lei ebbe il tempo di prendere l'Henry dal suo posto e innestare la leva. "Chi è?"

"Sono io."

La sua voce era tesa, quasi sofferente e lei quasi gettò il fucile da parte nella sua disperazione per aprirgli la porta e prenderlo tra le sue braccia. Lo vide, la luce della vicina lampada a olio lo proietta in una tonalità ultraterrena di giallo opaco. Ma non è questo che catturò la sua attenzione. Il sangue. Ne era ricoperto e il suo viso era pallido come un cadavere.

"Oh, mio caro", gridò e lo avrebbe stretto, se non fosse stato per la paura di essere lei stessa coperta da tutto quel sangue. Gli prese la mano e lo attirò dentro. Lui strisciò in avanti, come in trance, e lei lo guidò al tavolo dove si sedette a fissarlo.

Chinandosi accanto a lui, gli afferrò la mano e scrutò i suoi occhi persi e vacui. "Cosa è successo? È stato Sterling? Oh, buon Dio, non dirmi che ti ha seguito e..."

Scuotendo la testa, si girò verso di lei e anche se i suoi occhi rimasero senza vita, riuscì a fare un sorriso sottile. "Roose? No, anche se ora mi starà cercando. No, è stato l'uomo che ti ha attaccato."

"Ma hai detto che sarebbe stato arrestato, che avrebbe..."

Le premette un dito sulla bocca, un dito sporco di sangue nero e secco. "Ssshh, tesoro mio. No. Deve essere scappato perché mentre cavalcavo verso Rancine, mi ha assalito. Abbiamo lottato e io..." Lui distolse lo sguardo e il suo corpo tremò. È stato *orribile*, Julia. Come in un incubo. Il modo in cui urlava e correva verso di me."

"Che cosa hai fatto?"

Un'altra convulsione e lui si trattenne, avvolgendo le braccia attorno al proprio corpo che tremava. "Era forte, pieno di rabbia. Siamo caduti a terra e ci siamo contorti e rotolati. Aveva un coltello, grande, pesante, come una spada, ma sono riuscito... non so come, ma in qualche modo, io... gli è entrato dentro, è stato spaventoso il modo in cui la lama è scivolata dentro di lui, senza resistenza."

Nonostante il sangue, Julia abbassò lentamente la testa sul suo grembo e una delle sue mani gli massaggiò il cuoio capelluto. "Oh, amore mio... ora verranno a prendermi. Non importa perché è successo, non importa se era la mia vita o la sua, verranno per me e Roose guiderà la caccia perché mi vuole morto. Per quello che è successo oggi e per quello che gli ho fatto. Vuole la sua vendetta."

Alzò gli occhi verso i suoi, era vero. Sterling non lo avrebbe mai perdonato. Non era da lui fare un gesto del genere, lasciare andare il passato. Avrebbe rintracciato Nolan e lo avrebbe impiccato all'albero più vicino. Non c'erano dubbi.

"Cosa possiamo fare?"

Il suo viso si irrigidì, gli occhi fissi su qualcosa di molto lontano, e rabbrividì più violentemente che mai. "Non sono stato onesto con te, amore mio. E ho bisogno di esserlo. Questa notte, e quello che è successo, se c'è qualcosa di buono da ricavarne, allora è la mia confessione per te."

"Confessione? Io non... Cos'è che devi dirmi? Mi hai già detto così tanto."

"Ho bisogno di un drink prima. Whisky. Ne hai un po'?"

Senza un attimo di esitazione, andò dove Cole teneva la sua bottiglia. Ne versò una dose generosa in un bicchiere opaco e lo riportò al tavolo. Nolan era seduto dritto sulla sua sedia, con le mani sul tavolo e gli occhi fissi in lontananza. Appena vede il bourbon, lo afferra e se lo butta in gola, sussultando. Immediatamente, allungò la mano con il bicchiere, gesticolando per chiederne un altro, lei tornò indietro e prese la bottiglia. Senza mai distogliere gli occhi dal suo viso prese una sedia e si sedette accanto a lui. Il secondo bicchiere lo bevve molto più lentamente e, tra un sorso e l'altro le parlò.

"Ti ho detto alcune cose, ma non sono sicuro che fosse tutto chiaro. Sono tornato qui per manipolarti, Julia. Per manipolarti e farmi strada nel tuo cuore, ma avevo bisogno di una motivazione. Caine. Abbiamo organizzato tutto, la tentata rapina, il mio essere lì per aiutarti. Dovevo poi tornare qui e prendere tutti i tuoi soldi." Fece una pausa e guardò il modo in cui i suoi occhi si riempirono e qualcosa gli trafisse il cuore. "Ma appena ti ho vista, ho capito che non avrei mai e poi mai potuto fare qualcosa per farti del male. Lo sapevo quando ti ho visto per la prima volta tanto tempo fa, ma naturalmente avevo sepolto tutto dentro di me, non volevo crederci. Nel momento stesso in cui ho rivisto il tuo viso, tutti i pensieri di imbrogliarti sono scomparsi, perché in quel momento ho capito di amarti."

Scuotendo la testa, una lacrima le scivolò lungo le guance, e il suo labbro tremò. "Oh... Oh mio..."

"E so che tu provi lo stesso. Dimmi che provi lo stesso."

Tremava tutta ora, e lui allungò la mano per tenerla. Lei non si tirò indietro perché sapeva che era vero. Desiderava questo da così tanto tempo. Un uomo che la amasse, che non la usasse. Eppure, era successo tutto così in fretta. Poteva essere sicura, poteva permettersi di credere che qualcuno potesse entrare nella sua vita come aveva fatto lui e darle tutto ciò che desiderava? Il suo inganno, il suo piano per portarle via? Che doveva pensare. Se poteva fare una cosa del genere, allora cos'altro poteva fare? Questi pensieri, e molti altri, si accavallava nella sua mente, ma il bisogno di lui spazzava via tutti i suoi dubbi, insieme al suo buon senso. "Sì", disse a bassa voce, e lui si chinò su di lei e le sue labbra la sfiorarono. "Sì, lo voglio."

Lei lo guardò allontanarsi sapendo che lui aveva delle cose da fare, sapendo che non appena sarebbe tornata la luce del giorno, avrebbero trovato il corpo di Caine e Sterling avrebbe tirato le somme. Il tempo era contro di loro, ma lei si fidava abbastanza di Nolan per lasciarlo andare e mettere a posto le cose con Rancine. Questo era quello che lui le aveva detto, e lei era d'accordo. Non aveva senso avere più di quei due uomini a dar loro la caccia, perché lei sapeva che Cole si sarebbe unito al suo amico. Così, se fossero riusciti a fare le cose per bene, Nolan sarebbe tornato con soldi e cavalli e avrebbero cavalcato verso sud, in Messico, e la loro nuova vita avrebbe avuto inizio.

Appoggiò la testa contro lo stipite della porta e sorrise. Lui era tutto ciò che lei aveva sempre voluto. Sì, aveva ucciso qualcuno, ma che scelta aveva? La sua onestà e la sua lealtà la lasciavano senza fiato. La vita era stata molto crudele, ma ora aveva la possibilità di lasciarsi tutto alle spalle. Cole non le aveva mai offerto nulla, se non un tetto sopra la testa. Sì, gli era grata, ma i suoi bisogni erano molto di più di quanto quattro mura potessero mai darle. Nolan le aveva dato un assaggio di ciò che la vita poteva davvero offrire e lei era determinata a non lasciarselo sfuggire. Mentre si allontanava per iniziare a impacchettare le sue poche cose, il suo cuore batteva, non per il rimpianto, ma per l'eccitazione e la soddisfazione. Poteva anche permettersi di pensare di essere quasi felice.

Il sonno non arrivò. Era troppo eccitata dalla prospettiva di iniziare una nuova vita. Così, preparò il caffè e si sedette in veranda, nonostante il freddo, e cercò di elaborare le cose nella sua mente.

Qualsiasi soluzione o risposta, o qualsiasi chiarimento del dubbio, non venne facilmente. Dondolava dolcemente sulla sedia a dondolo, con entrambe le mani strette intorno alla tazza del caffè. Il vento si stava alzando e con esso arrivava il freddo. Uno sguardo verso il cielo e il bianco del cielo portò la consapevolezza che presto sarebbe caduta la neve. In questo periodo dell'anno significava che sarebbe arrivata di una bufera di neve e viaggiare in questo modo non le piaceva.

Ma dovevano andarsene.

Non poteva più restare lì. Roose, i suoi modi erano così... *insoliti.* Dov'era sparito l'uomo mite e dalla voce dolce che aveva sempre conosciuto?

Cos'era che lui aveva detto che le aveva fatto girare la testa... Ah sì, qualcosa sul fatto che Nolan era apparso "di punto in bianco"? Doveva ammettere che lì, nella quiete, senza distrazioni che la confondessero ulteriormente, era strano il modo in cui Nolan sembrava apparire proprio al momento giusto. E la storia di lui che scappava dopo quello che era successo alla prigione. L'aveva aiutata a liberare il sergente Burroughs, ma così facendo aveva steso Sterling. L'improvvisa, inaspettata violenza della cosa la sconvolse allora, e ora, con il modo in cui Nolan aveva preso a pugni il suo aggressore... anche se gli era grata, le sembrava tutto troppo perfetto, troppo artificioso. Mentre si allontanava con Burroughs, il suo ricordo di quel terribile momento diventò più chiaro. Il capitano Phelps, le mani sopra la testa, la pistola di Nolan puntata direttamente su di lui. Non sentì alcuno sparo mentre si dava alla fuga, ma seppe più tardi che Phelps era morto, che tutti credevano che fosse stata lei o Burroughs a uccidere il capitano. Poteva essere stato Nolan? Ne era capace? Certo che lo era! Il suo piano originale era, come aveva detto, di derubarla. Poteva ancora portarlo a termine? Sicuramente la sua confessione significava che era onesto, che aveva cambiato idea. Lui l'amava. Non è vero?

Confusa, ma anche risoluta, decise di andare in città, saldare il conto al negozio di merci, forse parlare con la vecchietta della casa da tè, ringraziarla, rassicurarla. Poi, tornando, avrebbe lasciato un biglietto a Cole e tutto sarebbe finito. Mettendo da parte le sue preoccupazioni, i suoi timori, la sua mente era finalmente decisa. Si scolò il caffè, diede un'ultima occhiata al cielo e tornò dentro per prepararsi.

CAPITOLO VENTUNO

COLE

Attraversarono la distesa delle pianure silenziose, viaggiando nella notte, i loro pensieri più neri dell'oscurità. Cole, alla testa della fila irregolare di soldati a cavallo, spezzati e sconfitti, si concentrava sul modo in cui gli zoccoli del suo cavallo sollevavano piccoli diavoli di polvere ad ogni passo. Nella notte, il terreno era bianco, le recenti nevicate non avevano cambiato in modo evidente il grigiore uniforme della terra. Per far riapparire un po' di verde sarebbe stato necessario che cadessero per mesi acquazzoni sostenuti di neve o di pioggia. Forse sarebbe accaduto, ma non quella notte. Il vento, un mero fantasma di ciò che potrebbe essere, arruffava appena la criniera del suo cavallo. Sopra di lui, il cielo senza nuvole, le stelle scintillavano come se anche loro si prendessero gioco di lui. Non avrebbe mai dovuto intraprendere questo viaggio. Avrebbe dovuto rifiutare l'ordine e tornare al suo ranch, da Julia, e fare qualche sforzo. Se di sforzi si poteva parlare. Per quanto si sforzasse, nulla si agitava in lui quando si trattava di lei. Una donna vibrante e attraente, eppure c'era qualcosa, qualcosa che non riusciva a capire. Sapeva che Sterling provava un'attrazione. Non era sciocco, questo gli portava poca preoccupazione, né la più piccola scintilla di gelosia. Questo semplice fatto gli faceva capire che Julia non avrebbe trovato un posto nel suo cuore. Era per via del suo passato, la sua prontezza ad uccidere? Si sarebbe mai potuto fidare di lei? Sarebbe arrivata una notte oscura, come questa, in cui lei avrebbe affondato un coltello nel suo cuore?

Si agitò quando un cavallo si accostò al suo. Anche nella luce notturna, Cole colse lo sguardo tormentato del capitano. "Credo che dovremmo accamparci presto, anche se solo per qualche ora."

"Se sono questi i tuoi ordini", disse Cole.

"Sì, suppongo di sì."

"Solo per poche ore, però. Il nostro carico inizierà a decomporsi se ritardiamo."

"Buon Dio, sei tutto cuore, vero?"

Cole si irrigidì e per un momento fu sul punto di ricordare al capitano che se non fosse stato per la sua gestione inetta con gli Apache, niente di tutto questo sarebbe successo. Molte altre mogli e madri non avrebbero pianto ogni mattina per i prossimi cento giorni o giù di lì. Ma non disse niente, lasciò perdere, rilassò le spalle, grugnì e portò via il suo cavallo per aiutare a preparare il campo.

Dormì inquieto e quando le prime luci dell'alba attraversarono il cielo infinito, si alzò e distese la schiena. Si sentì come se un milione di formiche gli avessero camminato sugli occhi e li strofinò vigorosamente con i pugni. Se solo avessero trovato un posto vicino all'acqua e si fossero accampati vicino a un ruscello. Aveva bisogno di lavarsi. Assolutamente. Invece, decise di usare la sua borraccia, calcolando che sarebbero arrivati al forte prima di iniziare a patire la sete. Ma quando iniziò a bagnare il suo fazzoletto da collo con l'acqua, sentì che qualcosa non andava e quando il soldato di picchetto arrivò di corsa al campo, ne ebbe conferma.

"È meglio che venga a vedere, Cole. Velocemente."

Allacciandosi la cintura del fucile, seguì il soldato tremante attraverso la macchia, chiedendosi cosa lo aspettasse ma sapendo, per puro istinto, che sarebbe stato qualcosa di brutto.

Era peggio di quanto pensasse. Proprio il peggio che potesse capitare, Cole sprofondò su una roccia vicina e guardò incredulo la vista davanti a sé.

"Cosa faremo?", si lamentò il giovane soldato.

"Tu tienigli le gambe e io taglio."

Il capitano Fleming dondolava dal ramo robusto di uno dei pochi grandi alberi che crescevano in quel luogo altrimenti sterile. Forse era questo il motivo per cui aveva scelto questa zona per accamparsi? Chi può dirlo? Certamente, il capitano non lo avrebbe detto a nessuno. Era morto e Cole si chiedeva cosa avrebbe scritto nel suo rapporto su questa disastrosa spedizione. La verità semplicemente non sarebbe bastata.

CAPITOLO VENTIDUE

AL NASCONDIGLIO DI SHAPIRO

Nolan cavalcò veloce, senza fermarsi, non fece strade secondarie perché presumeva, giustamente, che nessuno conoscesse la posizione del nascondiglio di Shapiro.

All'entrata della miniera d'oro abbandonata, un uomo bruno e panciuto stava masticando un cheroot. Il Winchester che portava con sé era appeso a un avambraccio e i suoi occhi vagavano a destra e a sinistra, sempre attenti.

Nolan vide l'uomo da lontano e rallentò fino a camminare dolcemente, alzando la mano mentre diceva: "Non sparate, sono io - Nolan!."

L'omone si stava già rannicchiando per richiamare dalle profondità della miniera il suo capo perché uscisse a vedere chi era arrivato. Il Winchester, ora avvicinato al viso, era puntato senza esitazioni su Nolan.

"Ah, mio buon amico", disse Shapiro mentre emergeva dall'oscurità della miniera. Era accompagnato da altri, tutti che si rimboccavano i pantaloni o si infilavano le camicie. Era appena spuntata l'alba e avevano tutti l'aria spettinata, scontrosa e piena di curiosità.

Sporgendosi in avanti, Nolan alzò entrambe le mani e non le lasciò finché Shapiro non batté la mano sulla schiena del pancione e sogghignò. "Rilassati *amigo*, porta buone notizie."

Mentre la banda si riuniva, Shapiro ordinò di preparare caffè e porridge di mais. Smontando, Nolan aspettò che Shapiro si facesse avanti e gli mettesse un braccio intorno alle spalle. Il capo della banda lo condusse verso i resti di un piccolo fuoco che il grassone aveva usato per riscaldarsi durante la notte. "Portate altra legna", gridò Shapiro e uno degli uomini si affrettò a eseguire i suoi ordini. Su un vicino affioramento di roccia, Shapiro si sedette e fece cenno a Nolan di fare altrettanto.

"Ho delle novità."

"Lo speravo", disse Shapiro. "Devo essere onesto, stavo pensando che ti fossi dimenticato di noi."

"Non è possibile. Non con la banca così piena."

Questa gradita notizia fece brillare di gioia gli occhi di Shapiro, che si avvicinò e abbracciò Nolan con entusiasmo. "Sapevo che non ci avresti deluso. Ho sempre avuto fiducia in te, a differenza degli altri." Si liberò e, sorridendo, controllò che qualcuno stesse preparando il caffè. Soddisfatto, tornò da Nolan e sorrise di nuovo. "Dimmi, cos'è questa novità?"

"Sono morti."

La bocca di Shapiro si aprì e per un momento un silenzio come una pesante porta d'acciaio cade su di loro, chiudendo fuori tutto il resto. "Cosa? Vuoi dire...?"

"Alla fine, è stato facile. Erano ubriachi, stavano festeggiando qualche impresa. Gli indiani. Mi sono intrufolato nella casa di Cole e li ho fatti fuori entrambi." Accarezzò il coltello dalla lama pesante che aveva al fianco. "Non ne sapevano niente."

"È un peccato. Avrei voluto che Cole soffrisse. Si è preso gioco di me. Sono deluso."

"Non avevo molta scelta."

"A casa hai detto?" Shapiro si strofinò il mento, gli occhi distanti. "Al ranch di Cole?"

Nolan annuì, distogliendo lo sguardo da Shapiro quando il suo capo si accigliò.

"Sai che ci sono stato una volta."

Ora era il turno di Nolan di rimanere a bocca aperta. "A casa di Cole?"

"Sì. Dopo essermi liberato da quella maledetta prigione, avevo intenzione di andare lì e ucciderlo io stesso. Era vuoto. Deserto."

"Non ci va spesso."

"Ma questa volta sì? In un piccolo ranch per il quale non ha tempo?"

Nolan si contorse. Non riuscì farne a meno. Gli occhi di Shapiro lo studiavano con un'intensità mai vista prima. Forse sospettava e a quel punto Nolan doveva farla finita. Sarebbe stata una toccata e fuga, con la sua banda così numerosa, ma non tutti erano armati. Se la fortuna è con lui ...

"Te l'ho detto", continuò Nolan, mantenendo la voce calma e ferma, "stava dormendo, era ubriaco."

"Con l'altro?"

"Sterling Roose, sì."

"E tu li hai uccisi?"

"Sì, l'ho fatto. Perché, in nome della sanità mentale, dovrei dirti una stronzata, Shapiro?" Sperò che questa dimostrazione di rabbia potesse sviare altri sospetti, Nolan saltò in piedi, con i pugni stretti. "Voglio quei soldi quanto te, quanto tutti noi!" Mosse il braccio in un ampio arco per indicare il resto della banda, che rimase immobile a guardare. "La banca è aperta e pronta per essere presa. Proprio come avevamo detto."

"Non pensavo che saresti stato in grado di ucciderli. Sei sicuro che nessun altro si insospettirà? Lo sceriffo della città, forse?"

"È un vecchio grassone, non vale un centesimo. È sicuro, Shapiro. Possiamo entrare e sparare a tutta la città senza che nessuno abbia il coraggio di alzare un dito."

Un altro silenzio. Questa volta gelido. Shapiro sembrava ripassare mentalmente tutto quello che Nolan gli aveva appena detto, passando al setaccio le parole, per convincersi della loro veridicità.

"Cosa c'è, Shapiro? Non mi credi?"

Un lungo sospiro scivolò dalla bocca sottile e crudele di Shapiro. "Devo, *amigo,* perché nessuno sarebbe così sciocco da mentirmi."

E poi arrivò il sorriso, che gli illuminò il viso, dissipando in un istante l'atmosfera carica. Shapiro si alzò, abbracciò di nuovo Nolan e chiamò i suoi uomini. "Abbiamo piani da portare a termine e pance da riempire!"

Qualcuno cacciò una mezza bottiglia di tequila e tutti scoppiarono a ridere.

"È un po' presto, no?" Nolan guardò dubbioso mentre la bottiglia gli veniva consegnata.

"Non è mai troppo presto per la tequila", disse Shapiro, "specialmente quando abbiamo così tanto da festeggiare – al nostro caro amico scomparso, Reuben Cole!"

Incoraggiato da tutti, Nolan fece il primo sorso e gli si arricciò il viso mentre il fuoco liquido colpiva la parte posteriore della sua gola.

Più tardi quello stesso pomeriggio, finita la terza bottiglia, Shapiro diede un calcio a uno dei suoi uomini sulla gamba per destarlo dal suo sonno. Strofinandosi gli occhi, l'uomo strizzò gli occhi verso il suo capo e schioccò le labbra.

"Controlla che non sia cosciente, poi vai al ranch di Cole. Voglio una conferma."

"Eh?"

Shapiro aveva voglia di prendere a pugni l'uomo che cercava di alzarsi in piedi, grattandosi l'inguine. "Voglio *delle prove,* idiota. Quando le avrai, torna qui il prima possibile."

"Ma capo, pensavo che stessimo andando in città per prendere la banca? Prima che tu ci facessi ubriacare."

"Tu fai come dico io", ringhiò Shapiro e sporse il mento verso l'uomo che ondeggiava instabile davanti a lui. "Controlla la casa e portami le notizie che voglio sentire." Poi, prendendo fiato, si chinò verso l'orecchio più vicino dell'uomo e gli diede le indicazioni. "Ora vai, e qualunque cosa accada non farti vedere. Da nessuno, hai capito."

"Sì, capo."

"Bene, ora vai!"

CAPITOLO VENTITRÉ

SCOPERTE E CONFESSIONI

Un vento freddo soffiava da ovest, battendo forte contro la folla di uomini che stavano nel cimitero e guardavano il cadavere insanguinato ai loro piedi.

"Sto diventando troppo vecchio per questo genere di cose", mormorò lo sceriffo Perdew. Il suo viso, cinereo, appariva prosciugato e abbattuto. Vecchio prima del tempo, forse malato di qualcosa che stava devastando il suo corpo già avvizzito. Roose gli stava accanto e non sapeva cosa fare di lui. Neanche lui sapeva cosa fare del cadavere. Lo disse e lo sceriffo gli lanciò un'occhiata schifata. "Un omicidio è quello che è."

"Lo so bene", disse Roose e si mise in ginocchio. Anche se il mattino avanzava, il cimitero rimaneva inquietantemente buio, come se non volesse rinunciare alla notte. Avendo già dato una buona occhiata fuori dall'ingresso, Roose ora ispezionava il terreno. "L'assassino se n'è andato a piedi, scendendo attraverso il cancello fino a dove lo aspettava il suo cavallo."

"Puoi prenderlo?"

"Certamente. Ma sarà fuori di sè, quindi avrò bisogno di almeno altri due uomini. Oppure posso aspettare Cole."

"Meglio farlo ora piuttosto che dopo. Potrebbe essere già fuori dal territorio."

"Potrebbe essere." Roose si alzò e fissò il corpo per un bel po' di tempo. "Qualcuno sa chi era?"

Nessuno si fece avanti fino a quando un giovane allampanato con i denti da cerbiatto e un ciuffo di capelli arancione brillante disse: "Potrebbe essere uno di quei mandriani del ranch di Rancine."

"Lo conosci?"

"Non direttamente", disse il giovane. "Ricordo il suo volto."

"È una faccia che non si dimentica", disse lo sceriffo. "Sembra più quella di una ragazza. O di un angelo."

"Beh, se è uno di loro ha ritrovato la strada di casa, sospetterei. Ma sì, la sua faccia..." Roose si accigliò. "Potrebbe essere una discussione finita male, senza premeditazione, quindi potrebbe essere ancora più difficile da risolvere. Andrò da Rancine prima di partire alla ricerca dell'assassino. Ma non sarà una cosa veloce."

"Un'altra ragione per mettere il mio distintivo", disse lo sceriffo.

Alcuni degli uomini ridacchiarono, ma Roose prese il commento per quello che era: un invito. Era la sua occasione e intendeva coglierla.

Mentre il gruppo di uomini cominciava a disperdersi, qualcuno disse: "Vado a chiamare il becchino", e lo sceriffo, ansimando rumorosamente, si sedette su una tomba di pietra vicina, a forma di bara. L'ironia non sfuggì a Roose. "Si è già sistemato, sceriffo?"

Seguì una risata beffarda. "Puoi scherzarci su, Sterling, ma devo dirti che non mi sento molto bene. E con questo freddo in arrivo..." Lasciò il commento in sospeso, incompiuto. Alzò lo sguardo mentre si raccoglieva il cappotto intorno alla gola. "Sento tutti i miei anni, questa è la verità e se non fosse per il fatto che sono..." Si fermò. "Stai bene, Sterling?"

Ma Sterling non stava affatto bene. Perlustrando ogni angolo di quel luogo solitario, spinse lentamente il cappello indietro dalla fronte. "C'è una cosa che mi era quasi sfuggita."

"Non ti sfugge mai niente, per quanto ne so."

"Forse, ma ... mi sto chiedendo, sceriffo ... dov'è il cavallo di questo morto?"

Frenando dolcemente il calesse, Julia scese e controllò la strada. Era metà mattina, ma il vento freddo soffiava forte. Ben imbacuccata nel cappotto spesso, nei guanti, nella sciarpa e nella cuffia, lo percepiva. Era un tempo da neve. Viaggiare sarebbe stato difficile. Perché il destino si mette in mezzo per rendere tutto così difficile?

Assicurò il cavallo, salì sulla passerella e scese verso il negozio di merci. Dentro faceva caldo e tirò un sospiro di sollievo. Il signor Stanley, il proprietario, stava mettendo la legna in una grande stufa nell'angolo e sorrise quando la vide. "Ehi, signorina Julia. Come sta in questa mattina un po' amara?"

"Sto bene, grazie signor Stanley. Sono venuta a saldare il conto."

"Oh." Sembrava sbalordito, ma presto il suo sguardo si trasformò in uno di pura gioia. Strofinandosi le mani, si infilò dietro il bancone e cominciò a sfogliare un grande e spesso libro mastro. "È una cifra irrisoria, signorina Julia. Cole la regola quasi sempre, quando torna da uno dei suoi viaggi. È di nuovo a casa?"

"No, non ancora." Aprì la sua piccola borsa ed estrasse la somma richiesta. Non si preoccupò di contare i soldi e questo le fece piacere. In un altro mondo, avrebbe potuto gestire un negozio come quello, riempirlo di tutto ciò che chiunque, da quelle parti, avrebbe potuto desiderare e di cui avrebbe avuto bisogno. "Grazie, signor Stanley, per tutti i suoi servizi passati."

"Oh. Beh, io... sa, è tutto nel... Sta andando da qualche parte?"

"Sì... per un po' di tempo. Grazie ancora."

Un breve sorriso seguito da uno sguardo furtivo intorno al negozio. Non c'era nessun altro.

Il negoziante inclinò la testa, perplesso. "Voleva altro?"

"Sì. Reuben, il signor Cole, intendo. Mi ha dato una Wells Fargo, per protezione personale, ma non sono molto esperta nel suo uso. So che ci sono opzioni migliori."

"Infatti, ci sono, signorina Julia. Quella piccola Colt Navy è all'antica, c'è bisogno della polvere da sparo, e le pallottole per caricare il tamburo."

"C'è qualcosa di più... *efficace*?"

"Una Peacemaker è probabilmente la scelta migliore, signorina Julia. Non è molto grande e usa cartucce, quindi può essere ricaricata rapidamente." Si abbassò sotto il bancone e riapparve con una scatola di noce lucida. Aprendola, agitò la mano sul contenuto. Le sue guance si gonfiarono. Ovviamente orgoglioso della merce, le sorrise. "Devo confessare che non ricevo molte signore che chiedono informazioni."

"È questa?" Indicò un revolver luminoso e scintillante seduto comodamente su un letto di velluto color prugna.

"Questo è il top della gamma, con impugnatura in avorio. C'è una versione più economica, altrettanto efficace."

Mordendosi il labbro inferiore, si concesse qualche istante per considerare le sue opzioni. Avrebbe potuto continuare con la Wells Fargo, ma voleva qualcosa di suo. Sapeva sparare, l'aveva fatto in molte occasioni, e per quello che aveva in mente sarebbe stato necessario consumare più di un cilindro di proiettili. "La prendo", disse, la sollevò e la pesò nella mano guantata. "È pesante."

"E affidabile."

Sorridendo, spinse la somma richiesta sul bancone e poi se ne andò, uscendo di nuovo nel tempo crudo e amaro, con la tasca deformata dal peso della Colt.

Alcuni fiocchi di neve scesero da quel cielo quasi completamente bianco. Rabbrividendo, corse lungo la passerella fino al piccolo negozio di tè all'angolo ed entrò.

Un campanello sopra la porta suonò allegramente e quasi subito la piccola proprietaria apparve attraverso una tenda di perline. "Ma guarda un po'!", gridò, battendo le mani allegra. "Stavo proprio pensando a te, mia cara. Come stai? Ti prego, vieni dentro, siediti. Ti preparo una bella tazza calda di tè cinese."

"No, no", disse e alzò una mano guantata, "sono qui solo per... per dirvelo. Va tutto bene e mi sono ripresa completamente."

"Sì, beh, possiamo solo ringraziare DIo."

"Sì. È stato traumatico, a dir poco, ma..."

"Grazie a quel giovane, possiamo dire – ha salvato la giornata."

"Sì, proprio così! Grazie al cielo era qui. Posso chiedere..." si avvicinò, controllando se ci fossero altri clienti nel negozio, anche se era chiaro che non ce ne fossero. "Ha visto tutto, suppongo?"

"Beh, ero qui, nel negozio, ho sentito il trambusto e tutto..."

"Sì, ma il giovane, quello che mi ha aiutato? L'ha visto?"

"Sì. Naturalmente, quando sono uscita dopo che lui aveva..."

"Intendo prima."

"Prima? Prima che ti attaccassero, vuoi dire?"

"Sì, l'hai visto in piedi nelle vicinanze? Bighellonare, suppongo che si possa dire così."

"Non che io ricordi, ero nel retro, capisci, a preparare tutto per l'ora di pranzo e non potevo vedere molto da dove ero."

"Io sì", arrivò una voce da oltre la tenda. "L'ho visto." Separando le perline, apparve una donna magra e spigolosa, vecchia come la proprietaria, ma considerevolmente più alta. Si asciugò le mani su uno strofinaccio a quadretti mentre si faceva avanti.

"Questa è Sylvie", disse la vecchia proprietaria. "A proposito, io sono Noreen."

"Grazie", disse Julia con un sorriso. "Sylvie? È francese?"

"Sono canadese", disse la nuova arrivata mentre ripiegava il panno sul braccio. "Mi sono trasferita qui con la mia famiglia alcuni anni fa, ma sì, siamo di origini francesi."

"Sylvie fa le torte più deliziose", disse Noreen con orgoglio. "Non ne ho mai assaggiate di migliori."

"Sono sicura che i clienti la pensano allo stesso modo", disse Julia, poi, finiti i convenevoli, diventò più seria. "Mi dica cosa ha visto, per favore, Sylvie."

"L'uomo di cui parla, quello che la ha aiutata? L'ho visto parlare con quello che ha cercato di rapinarla."

Per un momento, Julia non riuscì a parlare. Era come se un'enorme nuvola gelida l'avesse avvolta, soffocandola. Il suo respiro si fece affannoso e lei cercò qualcosa per impedirle di cadere. Delle mani l'aiutarono, la presero per un braccio e la calarono delicatamente su una sedia.

"Brandy", disse Sylvie, semplicemente. Si inginocchiò, con le mani che stringevano quelle di Julia. "Mi dispiace, signora. È uno shock."

Borbottando, incapace di formare parole, Julia fissò il volto della canadese. Noreen apparve con un bicchierino in mano e Julia lo prese, sorseggiò, tossì, ma si sentì subito meglio. Batté le palpebre e si aggrappò alle mani di Sylvie. "Ne è assolutamente sicura?"

"Sì, temo di sì. In quel momento non ci ho pensato, ma dopo l'attacco sono andata dallo sceriffo per dirglielo."

"Ma non ha fatto niente."

"Non sembrava molto interessato, ha detto che la questione era stata risolta grazie all'intervento dell'altro uomo."

Annuendo, Julia scolò il suo bicchiere e lo porse a Noreen. "Grazie. Quindi si conoscevano."

"C'è di più", disse Sylvie. Julia la guardò e notò un piccolo tremore attraversarle gli occhi. "Ho anche sentito di cosa parlavano."

CAPITOLO VENTIQUATTRO

ROOSE

Il corpo giaceva disteso sul tavolo del becchino. Dopo aver ripulito la maggior parte del sangue, l'uomo dall'aspetto scarno, in abito nero e frac, che si occupava della preparazione del corpo, spinse verso Roose un pezzo di carta stropicciato. "Era nella tasca della sua camicia. Ho dato un'occhiata, ho pensato che potesse interessarti."

Prendendolo con grande attenzione, Roose dispiegò il foglio e lesse la calligrafia disordinata. Ogni parola diventava più grande man mano che l'esaminava, con emozioni che andavano dall'incredulità a, quando finì, un'urgenza disperata. "Da quanto tempo è morto?"

"Non ne sono sicuro", rispose il becchino. "Non sono un medico, ma il rigor mortis è passato, quindi direi almeno ventiquattro ore, forse qualcosa di meno."

Grugnendo, Roose si allontanò e uscì. Montò a cavallo e galoppò dirigendosi verso la città e l'ufficio dello sceriffo, mentre la sua mente era occupata dell'enormità delle parole scritte dall'uomo morto. L'unica parte su cui era incerto era la tempistica. Chiunque lo avesse ucciso doveva aver avuto una disputa sui piani, ma quale potesse essere questa disputa non aveva modo di saperlo. Forse come sarebbe stato diviso il bottino? E se l'omicidio fosse avvenuto il giorno prima, i ladri avrebbero potuto arrivare in città da un momento all'altro.

Tirò le briglie e lasciò il cavallo fuori dall'ufficio, saltò a terra e iniziò a salire i gradini fino alla porta quando questa si aprì, due persone stavano lì.

Rimase a bocca aperta, aspirando il fiato in fretta. "Julia?"

"Ciao Sterling", disse, le sue labbra tremavano mentre parlava.

"Roose", disse lo sceriffo, che si trovava accanto a Julia, con la faccia dura. "Abbiamo delle notizie, e non sono buone."

"Lo so", disse, brandendo il foglio. "Si tratta di questo?"

Lo sceriffo lo prese e lo lesse velocemente. "Questo è più o meno l'ordine di grandezza. La banda sta venendo a rapinare la banca, e vogliono che tu e Cole siate fuori dai piedi quando lo faranno. Sono vecchio, Roose. Non posso farcela da solo, e la città non ha gli uomini o la grinta per sistemare questa cosa."

"Sterling." Julia fece un passo avanti, prendendo una delle sue mani nella sua. "Sono stata una terribile, cieca, stupida idiota."

"No", disse lui, incapace di trattenere le lacrime che si raccoglievano sotto le palpebre inferiori, "No, non è vero. È colpa mia. Sapevo che eri infelice, e avrei dovuto..." Scuotendo la testa, si strappò dalla sua presa, raddrizzando la schiena, stringendo i denti. "Dov'è?"

"Ha detto che andava al ranch Rancine. Era lì che lavorava."

"Buon Dio", disse lo sceriffo. "Mica sarà coinvolto anche Rancine?"

"Nella rapina? No, ne dubito." Lanciò a Julia un'occhiata sprezzante. "Ti ha detto qualcosa al riguardo? Con chi era in combutta?"

"No, non una parola. Sterling, non ne sapevo nulla, te lo giuro! Ha parlato di fuggire, di iniziare una nuova vita, ma mai una parola riguardo una rapina, o di quello che intendeva fare a te e a Cole. Te lo giuro.”

I suoi occhi fissarono i suoi a lungo e lui poteva vedere la sincerità lì, ma gli faceva ancora male sapere quello che lei aveva fatto. Condividere il letto con un uomo che conosceva appena, mentre lui... lui che provava dei sentimenti per lei da così tanto tempo. E per lei contemplare... contemplare cosa? La sua morte e quella di Cole?

“Non sapevo nulla di tutto questo”, disse lei, come se potesse leggere i suoi pensieri. Si avvicinò e gli prese i baveri tra le mani e per un momento Roose credette che stesse per scuoterlo. “Dobbiamo trovarlo, fermarlo, e poi dobbiamo tendere una trappola ai rapinatori. *Dobbiamo* farlo, Sterling. È l’unico modo.”

Aveva ragione, naturalmente. Qualsiasi cosa avesse fatto, errori, valutazioni errate, chiamateli come volete, dovevano essere messi da parte. Quello che contava ora era fermare Nolan e la sua banda, se davvero era la sua banda. “Hai ragione”, disse e sorrise. Vide il suo viso cambiare, ammorbidirsi, e poi le sue labbra gli sfiorarono il mento. Lui si allontanò, con lo stomaco in subbuglio, senza sapere come reagire. I suoi sentimenti per lei non erano cambiati. “Andrò da Rancine. Se Nolan è ancora lì, lo catturerò e lo riporterò indietro. Poi vedremo cosa fare.”

“Fai attenzione, Sterling”, disse.

Se ne andò con quelle parole impresse nella sua mente. Parole che non avrebbe mai dimenticato.

CAPITOLO VENTICINQUE

IL RANCH

Scuotendo la testa, lo sceriffo guardò Julia con uno sguardo sofferente. "Non sono sicuro che sia una buona idea."

"Devo essere lì quando Cole tornerà, per farglielo sapere. Sentirlo da qualcun altro non sarebbe giusto."

"Ma puoi dirglielo qui!"

"No, andrà direttamente al ranch. Lo fa sempre. Nessuno al forte saprà cosa è successo qui, quindi seguirà il suo solito percorso. Io tornerò lì e lo aspetterò."

"E se questo Nolan fosse lì? E se non fosse andato da Rancine? E se..."

"Sceriffo, il mondo è pieno di "e se." Se Nolan è lì, me ne occuperò." Julia non aveva detto a nessuno della Colt in suo possesso, ma ora accarezzava inconsciamente la tasca dove giaceva. "Me la caverò."

"Verrò con te, non si sa mai."

"No, te l'ho detto, starò bene. Fidati di me. Se Nolan fosse lì e ti vedesse, si spaventerebbe e scapperebbe. Dio solo sa, probabilmente ci ucciderebbe entrambi prima di arrivare a cento metri. L'Henry di Cole è ancora sopra la porta."

"Una ragione in più per cui dovrei..."

Lei gli prese la mano. "Andrà tutto bene. Inoltre,

devi organizzare una sorta di difesa. Magari fai uscire i cassieri della banca, chiudi tutto a chiave, a parte la cassaforte. Svuotala e lascia la porta aperta." Lei colse il cipiglio perplesso dello sceriffo. "Dobbiamo scioccarli, sceriffo. Entreranno qui pensando che sarà facile come ubriacarsi il quattro luglio. Se la città non può fermarli con gli spari, allora almeno possiamo rendergli la vita il più difficile possibile quando torneranno fuori disorientati, chiedendosi cosa diavolo stia succedendo."

"Sì, sì, hai ragione. Ma per favore, devi..."

Una semplice stretta di mano e lei se ne andò, marciando in strada verso il suo calesse. Fece un piccolo cenno di saluto, poi lasciò la città a un trotto costante.

Corse, seguendo l'antico sentiero fuori dalla città, la strada che aveva sempre percorso, ma mai con tanta trepidazione. L'enormità della situazione le penetrava nel cuore e nell'anima. Nolan. Tutto quello che aveva detto, le parole, le promesse, tutte bugie. Aveva approfittato della sua vulnerabilità, e tutto per convincerla ad abbandonare Cole dopo averlo attirato fuori città. Il piano di Nolan prevedeva di tendere un'imboscata a Cole e forse anche a Sterling, per ucciderli e rendere la rapina alla banca della città molto più facile? Imprecò sottovoce mentre i ricordi dei momenti che aveva passato con Nolan le balenavano nella mente. Che sciocca che era stata, si era fatta prendere la mano così facilmente! Quei pensieri servivano solo a renderla più determinata che mai ad ostacolarlo. Fargliela pagare. Sì, sì... non era stato danneggiato solo il suo orgoglio, ma anche la sua dignità. Non sapeva se sarebbe stata in grado di ucciderlo, come aveva ucciso il sergente Burroughs, ma sapeva di dover affrontare Nolan e dimostrargli che le sue bugie non avevano funzionato. E anche di più. Mostrargli quanto fosse delusa dal suo inganno.

Il ranch appariva così come l'aveva lasciato. Un luogo solitario, nemmeno i pochi cavalli che galoppavano intorno al loro campo recintato risollevavano l'atmosfera solenne e opprimente del luogo. Si chiese, non per la prima volta, perché era rimasta? Forse era per questo che aveva risposto così volentieri all'invito di Nolan? Sola in un luogo solitario. Non c'era niente di più calcolato per farla sprofondare sempre di più in una depressione? Quello che offriva Nolan era una via d'uscita. Una possibilità. Ma lui aveva mentito, usandola per i suoi scopi. L'odio ribollì. Tirò fuori la Colt e la studiò prima di metterla in una borsa di tela. Spinse il piccolo calesse in avanti.

———

Era arrivato poco prima di lei, con la pistola puntata controllò le stanze. Mentre il silenzio continuava, si rese conto che Cole e Roose non c'erano. Nessun segno di lotta, niente sedie o tavoli rovesciati. Niente sangue. Nolan aveva mentito. Aveva ingannato Shapiro. Non riusciva a capire a quale scopo. Forse per guadagnare tempo, per fare il doppio gioco, ucciderli e reclamare la ricompensa. Meglio di una parte dei proventi della rapina in banca. Probabile. Shapiro da solo quanto valeva, cinquemila, vivo o morto? Una somma che ti cambia la vita. Se la banca avesse avuto una somma considerevole, quanto avrebbe potuto sperare di prendere Nolan? Duemila al massimo. Sì, al massimo. Doveva essere così. Era diventato un cacciatore di taglie.

Il suono degli zoccoli che si avvicinavano lo spronò ad agire. Si precipitò nella piccola stanza sul retro e uscì dalla porta. Il freddo lo colpì come un pugno e con una mano intorno al colletto e l'altra sulla pistola si accovacciò contro il muro posteriore e aspettò.

Dall'altro lato, sentì il calesse che si fermava, il freno a mano che si azionava, il suono degli stivali di lei che colpivano il terreno mentre il conducente saltava giù.

Era tutto così silenzioso. Come la morte. Il pensiero lo fece rabbrividire.

Da dentro, la porta si aprì di botto, una voce femminile gridò: "Cole? Cole sei qui?"

Ma ovviamente non c'era nessuno. Era consapevole del doppio gioco di Nolan? La sua voce era tremolante, agitata. Poi arrivarono i singhiozzi e lui decise di spostarsi, avvicinandosi di lato alla porta aperta. Si fermò sulla porta e osservò. Una bella donna, a testa bassa, con le lacrime che le colavano dalla punta del naso sul piano del tavolo. Sarebbe potuto restare a guardarla a lungo. Invece, attraversò la soglia, facendo arretrare il cane della sua pistola.

CAPITOLO VENTISEI
COLE

Il sottotenente Morris rimase in piedi, ipnotizzato, mentre Cole smontava. "Che cosa è successo?" chiese, posando gli occhi sui cavalli con il loro terribile carico. Corpi avvolti in lenzuola o coperte bianche. Cole si limitò ad alzare le spalle.

"Ci hanno teso un'imboscata. Hanno fatto fuori molti dei nostri ragazzi. Il capitano, lui... beh, diciamo che è tra quelli che hanno perso."

"Ma, sua moglie. Ha mandato un telegramma per dirci che sta arrivando. Per raggiungerlo."

Osservando lo sguardo sconcertato del giovane ufficiale, Cole ingoiò il rantolo che cercava di uscire dalla sua bocca. Cosa avrebbe dovuto dirle? Sarebbe toccato a lui, l'unico ufficiale sopravvissuto della truppa. "La incontrerò. Diglielo." Sospirò. "Faccia portare via i corpi, tenente. Li prepari per la sepoltura. Lasci stare questi ragazzi", indicò i sopravvissuti malandati e scarmigliati. "Avranno bisogno di essere lasciati in pace per un bel po' di tempo."

"Ci penserò io, signore."

Annuendo, Cole si diresse verso il saloon. Poi avrebbe fatto un bagno. Non poteva vedere vedere Julia nello stato in cui era. Lei non gli avrebbe più parlato.

Andò al bar e bevve, con gli occhi fissi nel nulla,

pregando Dio di avere il potere di tornare indietro nel tempo, o almeno il coraggio di dire al capitano di non scendere in quella gola. Nonostante il whisky, o forse proprio per questo, sapeva che quello sarebbe stato il suo ultimo incarico. Julia sarebbe stata sollevata, lo sapeva anche lui. Vedere il suo viso illuminarsi mentre glielo diceva sarebbe stato bellissimo. Sì, si sarebbe sforzato, le avrebbe mostrato la cura, sì, l'amore, per farla sentire a casa con lui. Questo era ciò che contava ora, più di ogni altra cosa.

Nelle stanze al piano superiore, si calò nel bagno caldo che aveva ordinato prima dei suoi whisky. Godendo degli oli da bagno dall'odore dolce, appoggiò la testa all'indietro, poggiando le gambe sull'estremità. Chiuse gli occhi, si lasciò andare, la tensione si allentò immediatamente dai suoi muscoli. Incapace di combattere la stanchezza, scivolò in un sonno profondo. In pochi secondi stava russando.

Persistente e rude, qualcuno da qualche parte lo scuoteva per fargli prendere coscienza.

"Cole! Cole, svegliati!"

Gli occhi si aprirono di scatto, Cole si sedette sbattendo le palpebre per la confusione. C'era un uomo, alto, dalle spalle large, un viso rigato di preoccupazione.

Sterling Roose.

"Cosa...? "Improvvisamente si rese conto di quanto fosse fredda l'acqua, Cole mise entrambe le mani sul bordo della vasca e si tirò in piedi. Avvolgendosi le braccia intorno al petto, rabbrividì violentemente. "Per quanto tempo ho...?"

"Non importa", sputò Roose. "Rivestiti e raggiungimi di sotto. Abbiamo un problema."

. . .

Solo il tempo per un rapido sorso di caffè, Cole seguì il suo amico alla luce del giorno. "Sono appena stato da Rancine", disse Roose mentre attraversava la piazza d'armi vuota, dove due cavalli sellati stavano aspettando. "Mi hanno detto un po' di cose, e tutte insieme danno un bel quadro del nostro amico."

"Sterling", disse Cole, afferrando il suo amico per un braccio. "Di cosa stai parlando?"

Con una smorfia, Roose si rivolse al suo amico. "Nolan. Ha intenzione di rapinare la banca di Paradise. All'inizio aveva intenzione di uccidere sia te che me, poi Julia ha messo insieme i pezzi."

"Julia? Sterling, non ho la minima idea di cosa tu stia parlando."

Roose gli raccontò tutto. Tutto, compreso quello che aveva scoperto da Rancine. Di come doveva essere stato Nolan a uccidere uno dei principali mandriani lì, e poi a uccidere un giovane cowboy su al cimitero, il giovane cowboy che Nolan aveva ingaggiato per attaccare Julia. Tutto. I sospetti di Julia, come avesse scoperto il significato di tutto questo, e il biglietto che aveva confermato tutto. Cole ascoltò, il corpo si faceva sempre più molle. Debole, disorientato, gli ci volle del tempo per dare un senso a tutto. Alcune cose gli fecero venire voglia di vomitare. Perché Julia sarebbe andata a letto con Nolan? Questa, la parte più devastante, lo fece un po' morire dentro. "Buon Dio" fu tutto quello che riuscì a dire.

"Ascolta", disse Roose, ignorando l'evidente dolore del suo amico, "vado in città per aiutare lo sceriffo a organizzare le cose. Tu vai a casa tua e assicurati che Julia stia bene. Riportala in città. Non è al sicuro là fuori da sola. Se Nolan dovesse tornare..."

"Sì", concordò Cole con un filo di voce, alzando una mano, "sì, capisco Sterling."

"Starai bene anche tu?"

"Starò bene."

Per niente convinto, Roose si mise in sella. "Fate più in fretta che potete. Nessuno di noi sa con chi è in combutta Nolan, ma deve essere una banda di almeno una mezza dozzina. Non si aspetteranno il comitato di accoglienza che metterò in piedi per loro, te lo posso garantire."

Annuendo, Cole accarezzò il collo del suo cavallo per un tempo considerevole mentre guardava il suo vecchio amico uscire dai cancelli del forte.

Era come se tutto il suo mondo gli fosse stato tolto da sotto i piedi. Perché l'avrebbe fatto? D'accordo, forse non era un tipo loquace, non le aveva mai parlato dei suoi sentimenti, delle sue speranze e dei suoi piani, ma comunque...

Fece un respiro tremolante, si mise in sella e guidò delicatamente il suo cavallo attraverso i cancelli. Roose era già poco più di una macchia nera all'orizzonte, che galoppava veloce in direzione di Paradise. Il ranch era nella direzione opposta e doveva fare in fretta.

Chiedendosi cosa avrebbe trovato, Cole finalmente spronò il suo cavallo. Ad ogni passo martellante, la sua determinazione cresceva. Presto, il suo corpo riprese il solito vigore, la nausea era scomparsa. Deciso a fare qualsiasi cosa necessaria, Cole cavalcò con la schiena dritta, la mascella tirata.

CAPITOLO VENTISETTE

AL RANCH

Alzando lo sguardo, con un piccolo sussulto sulle labbra, Julia fissò gli occhi scuri dello sconosciuto. Lui sorrideva, la pistola in mano ben salda.

"Santo cielo, *señorita*, che bellezza." Entrò nella piccola stanza.

Julia non si scompose. In un modo strano, inspiegabile, si aspettava che qualcuno, se non quest'uomo in particolare, venisse. Da quando aveva saputo la verità su Nolan, quello che stava progettando, sapeva che ci sarebbe stata una sorta di resa dei conti. Così, anche se l'improvvisa apparizione di quest'uomo la spaventava, era preparata. Sulle sue ginocchia c'era la borsa di tela contenente la Colt. Attese il momento giusto, osservando l'ometto che si avvicinava al tavolo.

"Dov'è Nolan?"

Ingoiò a vuoto prima di rispondere. "Non lo so."

Inclinò la testa da un lato, accigliandosi. "Non ti credo." Scrutando la stanza, ridacchiò. "Li ha uccisi?"

"Chi? Vuoi dire Roose e..."

"Roose e *Cole*, sì! L'ha fatto?"

"Certo che l'ha fatto. Ho il sospetto che adesso stia tornando al vostro nascondiglio. Se vai ora, lo raggiungerai."

Il sorriso dell'uomo si trasformò in una smorfia

grottesca. "Bel tentativo, bella signora, ma non credo che Nolan andrà da nessuna parte, se non all'inferno."

Camminò per la stanza, raccogliendo oggetti, aprì un cassetto della scrivania sotto la finestra chiusa, che aprì e fissò l'ambiente circostante. "Ha dei bei cavalli", disse dandole le spalle. "Ti occupi di loro quando lui non c'è?"

"Sì. Tra le altre cose."

"Sì, posso immaginare." Una risatina ironica. "Dov'è?"

"Te l'ho detto, Nolan, lui..."

"Non *mentirmi*", urlò lui, girandosi di scatto verso di lei, con la pistola in mano.

I suoi occhi si abbassarono mentre si concentrava sulla Colt Peacemaker nella mano di lei. Il suo sorriso si allargò.

Poi gli sparò.

L'esplosione suonò incredibilmente forte nella piccola stanza. Catapultato indietro contro la finestra, rimase in piedi, a bocca aperta, con l'incredulità impressa nei lineamenti. La guardò mentre lei allentava il cane per sparare un secondo colpo. Quell'atto sembrò rianimare i suoi sensi e quando lei sparò di nuovo, lo fece anche lui.

Questa volta, l'esplosione doppia suonò ancora più forte.

CAPITOLO VENTOTTO

L' ACCAMPAMENTO

Shapiro ritornò dal suo lungo turno di guardia, in piedi su un'alta sporgenza per scorgere traccia del cavallo del suo uomo. Andò verso il fuoco, riempì una tazza di latta con il caffè amaro e se la scolò, gettando la posa nel fuoco. I suoi occhi vagavano sugli uomini riuniti. Alcuni stavano pulendo le loro armi, altri controllavano le selle. Nolan era seduto un po' in disparte, lavorava un sottile pezzo di legno. Shapiro si aggiustò il cinturone della pistola e andò verso di lui. "Dimmi di nuovo come li hai uccisi."

Nolan si fermò, la lama a metà del legno, e fissò il viso di Shapiro. "Che cosa hai detto?"

"Hai detto di averli uccisi. Cole e il suo amico. Come li hai uccisi, *amigo*?"

"Te l'ho detto. Erano ubriachi. Li ho uccisi mentre dormivano."

"Sì, ma te lo chiedo di nuovo... *come*?"

Nolan deglutì con forza. Con un colpo violento, ficcò il coltello nel legno e gettò tutto a terra. "Che c'è ancora, Shapiro? Non mi credi?"

"Sono solo curioso, tutto qui. Hai usato quello", indicò il coltello nel pugno di Nolan. "Gli hai tagliato la gola, forse?"

"Mentre dormivano, sì."

Shapiro fece una smorfia. "Non è una cosa facile." Sottolineò il suo punto facendo scorrere i polpastrelli di una mano lateralmente sulla propria gola. "C'è un sacco di quella che si chiama cartilagine, lì. E legamenti. Ti sorprende che io sappia così tanto, eh? Bisogna segare tutto, come hai fatto con quel coso?" Ridacchiò e lasciò cadere la mano sinistra accanto alla sua pistola nella fondina.

"Non se colpisci proprio qui", disse Nolan, infilando due dita nella carotide del suo collo. "Se tagli questo punto, allora è l'ora della buonanotte."

"Ed è quello che hai fatto, eh?"

"Sì."

"Proprio così?"

"Sì. Proprio così." Sottolineò ogni parola, i suoi occhi non vacillarono mai. Shapiro lo stava misurando, cercando una smorfia, un battito di ciglia, qualsiasi cosa che potesse fargli sorgere un dubbio. Ma Nolan rimase impassibile. Freddo. "Erano ubriachi. Ho ucciso prima Cole, perché è il più pericoloso, poi Roose. Credo che non se ne siano nemmeno accorti."

"Sangue."

"Eh?"

"Ci deve essere stato molto sangue. Ricordo che ho sparato a un uomo lì", colpisce l'arteria di Nolan, "e il sangue è uscito come una cascata. Una cascata rossa." Un altro sorriso. "Allora come mai quando sei venuto qui a dircelo, non avevi sangue sui vestiti?"

"Li ho cambiati."

"Ah. Dove, alla baita di Cole?"

"Sì."

"Allora sei venuto qui direttamente, è così?"

"Corretto. Shapiro, se hai qualcosa da dire perché non..."

"E il tuo coltello? Hai pulito anche quello? I tuoi stivali? Le mani? Tutto pulito. Ci sarà voluto un sacco di tempo per pulire tutto, no?"

"Ovviamente, visto che erano morti, e non pensavo che sarebbero stati..."

"E la donna?" Nolan si fermò e sbatte le palpebre. Gli occhi di Shapiro si allargarono, insieme al suo sorriso. "Cole ha una donna, vero? Dov'era mentre succedeva tutto questo?."

"Non c'entra niente la donna."

"No? Sei sicuro, *amigo*?"

"Certo che sono sicuro. Perché dovrei..." La sua voce si spense mentre fissava con orrore il piccolo fazzoletto di seta che Shapiro gli fece penzolare in mano. Intorno al bordo era ricamato un motivo rosso a forma di cuore.

"Lo riconosci, *amigo*? Era nella tua bisaccia. Mentre dormivi, ho frugato tra le tue cose. Ho trovato questo, e dentro un biglietto."

"Tu figlio di..."

Prima che Nolan potesse reagire, la pistola di Shapiro si mosse in un lampo e improvvisamente, Nolan si trovò di fronte alla canna di una Remington Army, con il cane armato. "La sua piccola nota è molto toccante. Si può pensare che io sia un messicano ignorante, ma conosco bene le lettere. Lei ti ama profondamente, quindi penso che tu abbia fatto un piccolo accordo con lei. Un accordo che potrebbe includere Cole, eh? Quindi, per favore, basta con le sciocchezze. Voglio la verità, *amigo*, o ti pianto una pallottola nel cervello."

Tre della banda lo trascinarono a un albero vicino. Lo spogliarono e lì nudo, rimase tremante nell'aria gelida del pomeriggio, mentre gli legavano i polsi con delle cinghie di cuoio. Shapiro si alzò ed esaminò il coltello di Nolan. Poi schioccò un ordine e, attaccando una corda alle cinghie, ne gettarono un'estremità su un ramo e issarono Nolan in aria. Penzolava, le braccia in alto sopra la testa, i legamenti delle spalle che si tendevano. Strillava e il suono ricordava a Shapiro i maiali che sua madre teneva quando era piccolo. Così tanto tempo fa. Come un sogno.

"Ora, capo?"

Shapiro sorrise e annuì.

Lo schiocco della frusta portò ricordi ancora più felici.

Dopo aver detto a Shapiro tutto quello che doveva sapere, il capo della banda ordinò ai suoi uomini di montare in sella. Mentre si affrettavano ad obbedire, Shapiro si prese un momento per accovacciarsi accanto al corpo tremolante e insanguinato di Nolan. "Sappi questo", disse dolcemente, "quando torneremo, porteremo con noi la tua donna. Io banchetterò con lei e tu starai a guardare. Dopo, quando vedrai quanto è felice e contenta, ti ucciderò. Fino ad allora", accarezzò la guancia di Nolan, "stammi bene."

Ridendo, si allontanò.

"Darius", abbaiò e uno della banda guardò, accigliato. "Resta con lui. Assicurati che non muoia."

"Ma capo, io voglio..."

"Se muore lui, muori anche tu!"

Tristemente, Darius si allontanò dal suo cavallo, a testa bassa, borbottando qualcosa.

Nel frattempo, Shapiro ne individuò altri due. "Prendete il sentiero per il ranch di Cole. Questa volta non voglio errori. Uccidetelo."

Shapiro portò il suo cavallo in direzione di Paradise, sollevò il suo cappello e lo agita come un posseduto. "Cavalcate, *muchachos*!"

Tra grida e schiaffi sui groppponi dei cavalli, la banda si riunì fuori dal campo, tutti sorridevano pensando a cosa li aspettava.

. . .

"Devi bere", disse Darius, inginocchiandosi accanto a Nolan. Gli offrì una borraccia d'acqua, che Nolan bevve con gratitudine. "Non così in fretta, amico mio. Non vorrai morire soffocato." Ridacchiò.

Rinvigorito un po', Nolan si appoggiò su un gomito e fissò il viso dell'uomo. "Se ne sono andati?"

"Sì, amico mio", sogghignò Darius, sollevando di nuovo la borraccia alle labbra di Nolan. Sorrise mentre Nolan beveva. "Questo è tutto. Quando potrai sederti, preparerò qualcosa da mangiare." Sospirò e guardò in lontananza, dove una nuvola di polvere rimaneva l'unica prova della partenza della banda. "Vorrei essere con loro."

Grugnendo, Nolan si asciugò il sudore dagli occhi con il dorso di una mano tremante. Studiò Darius o, più precisamente, il modo in cui indossava la sua attrezzatura. Cintura a tracolla, impugnatura rivolta verso il suo lato destro. Il lato più vicino a Nolan.

Quasi sorrise della stupidità dell'uomo.

Con un movimento fluido, Nolan tirò fuori la pistola e infilò due rapidi proiettili nelle budella di Darius. L'uomo urlò, cadde all'indietro contorcendosi a terra. Nel frattempo, Nolan cercò di sedersi. Il dolore alla schiena, dove la frusta aveva colpito più forte, lo fece irrigidire di scatto e lui stesso soffocò il suo urlo a denti stretti. Cercando una distrazione, rivolse la sua attenzione a Darius che si dimenava, piegato in due, con le mani strette allo stomaco. "Dannazione", sospirò Nolan e gli sparò in testa.

Scese il silenzio e Nolan ringraziò Dio per questo.

CAPITOLO VENTINOVE

IL RANCH

Sembrava qualcosa proveniente da una terra lontana, attanagliata com'era dall'inverno. La neve si era posata, gettando su tutto una confortante coltre bianca. Almeno da lontano. L'aria, tuttavia, quasi bruciava la gola, tanto era fredda. Rincasando, rannicchiato nel suo cappotto, e guardando, Cole capì che c'era qualcosa che non andava non appena avvistò il cavallo legato al lato della stalla. Era un cavallo che non riconobbe, nero come la pece, le borchie avevano delle pietre preziose, non conosceva nessuno che avrebbe cavalcato un cavallo del genere. Scivolando dalla sua cavalcatura, estrasse l' Henry dal fodero e si mosse lungo il leggero pendio che portava alla baita, tenendosi basso. Saettando da un misero pezzo di copertura all'altro, i suoi stivali scricchiolavano nella neve. Nel silenzio inquietante, il suono riecheggiava in tutta la valle ed era certo che da un momento all'altro sarebbe apparso qualcuno con le armi spianate.

Nessuno. Cole si accovacciò dietro un masso ghiacciato, esposto alla più feroce delle raffiche di vento gelido, e innestò la sua carabina. Il suo viso formicolava con una miriade di piccoli aghi che pungevano continuamente la sua carne esposta. Se fosse stato costretto a rimanere fuori nella notte, sapeva che non avrebbe visto il mattino. Il sole era già basso nel cielo e calcolò che gli rimaneva meno di un'ora di luce. Facendo un bel respiro, si decise, caricò dalla sua copertura e andò a zig-zag verso la porta aperta.

Senza rallentare, si precipitò oltre il calesse di Julia, provocando un forte scossone e un forte mugolio del piccolo pony, e continuò a salire le scale fino alla porta. Fece un salto mortale attraverso l'apertura, sperando di cogliere alla sprovvista chiunque fosse all'interno. Non sapeva chi avrebbe trovato, ma sapeva che non sarebbe stato Roose. Se qualcuno stesse trattenendo Julia, la punizione sarebbe stata vicina. Forse era Nolan. Che Dio lo aiuti, se fosse stato lui.

La prima vista che gli si parò davanti fu quella di un uomo armato morto, stipato sotto la finestra aperta, gli occhi fissi nel nulla. A punteggiare il suo corpo c'erano due buchi enormi, neri di sangue secco e, accanto a lui, una pistola. Questo poteva significare solo una cosa.

Girò lentamente la testa, pregando di non trovare nulla, che chiunque fosse stato a uccidere quell'uomo se ne fosse andato da tempo.

Cole non era un uomo abituato a pregare. Fede, credenza, chiamatela come volete, questi non erano concetti che capiva e di cui non si era mai preoccupato. Forse avrebbe dovuto, perché ora, guardando dall'altra parte della stanza, la vide sdraiata, un fagotto accartocciato, un'ampia pozza di sangue intorno a lei, e per un tempo lunghissimo non ebbe il coraggio, né la forza, di muoversi.

Era morta. Questo era chiaro, anche da dove era seduto poteva vederlo, e quando questa consapevolezza lo colpì, arrivarono le lacrime. Se avesse mostrato qualche accenno dei suoi sentimenti per lei, forse tutto questo non sarebbe accaduto. Non sapeva nulla di quello che era successo, ma sapeva che era qualcosa di terribile. Strisciando verso di lei, con i singhiozzi che lo attraversavano, le sollevò delicatamente la testa tra le braccia e la cullò lì. Il proiettile l'aveva colpita alla gola, il sangue era un flusso scuro e profondo che scendeva sul suo corpetto. Era così fredda tra le sue braccia. Così fredda...

Si fermò sulla veranda e fumò una sigaretta, il pennacchio di fumo blu che si mischiava al suo respiro fumante. Guardò il tramonto e capì che la sua vita stava voltando una nuova pagina. Julia se n'era andata, il suo amore inespresso stava andando alla deriva nel vento, insieme al suo cuore, ora congelato come il paesaggio invernale.

Non sapeva quanto tempo sarebbe passato prima che arrivasse il disgelo.

CAPITOLO TRENTA

LA RAPINA

Il sole non era altro che una fioca macchia quando i cavalieri arrivarono in città, ovattati nei loro spessi cappotti, i cappelli stretti con forza sui loro volti schiacciati. Indossavano tutti guanti e sciarpe, ma il freddo penetrava nella loro carne rendendoli lenti e stanchi. Alla loro guida, Shapiro scrutò le strade. Non si aspettava di vedere nessuno così presto e il suo piano era di trovare il saloon più vicino, aspettare che la banca aprisse alle nove e poi colpirla con tutto quello che avevano. Dopo aver controllato, naturalmente, che le parole di Nolan fossero vere.

Con due uomini rimasti fuori a battere i piedi, Shapiro attraversò le porte ad ali di pipistrello del Parody Hotel and Saloon, con tre della sua banda dietro di lui, tutti gemendo in estasi quando il calore dei due bruciatori a legna posizionati negli angoli più lontani li colpì con una forte esplosione.

Da qualche parte apparve un uomo dall'aspetto fragile, piegato dall'età, che portava un secchio pieno di acqua fumante in una mano e uno spazzolone nell'altra. Si fermò bruscamente quando posò gli occhi su Shapiro e i suoi uomini. "Oh, Signore", disse.

"Abbiamo bisogno di caffè", scattò Shapiro, togliendosi il cappotto. Intorno alla vita aveva due pistole, con il calcio rivolto in avanti, e sul petto una bandoliera gonfia di cartucce, che terminava in una fondina da spalla. Gli altri, armati allo stesso modo, si sistemarono a un grande tavolo rotondo, stendendo le gambe e soffiando grandi flussi d'aria.

"Non siamo ancora aperti", disse l'uomo, la sua voce tremava, così come le cose per pulire che aveva in mano. Sistemò il secchio prima che gli sfuggisse di mano.

"Ora è aperto", ringhiò Shapiro, estraendo una delle sue pistole per sottolineare il suo punto. "Caffè."

Senza una parola, il vecchio minuto si infilò dietro il bancone ed scomparve in una stanza al di là.

"Che ora è?", chiese Shapiro a nessuno in particolare mentre rinfoderava la pistola.

"Non ne ho idea", disse uno dei suoi uomini. "Troppo presto, questo è sicuro."

"Sono appena passate le sei e venti", disse uno degli altri, l'orgoglioso proprietario di un orologio da tasca d'argento intarsiato che teneva su una catena poggiata sul suo ampio stomaco. Chiuse il coperchio e lasciò cadere il portachiavi nella tasca del panciotto. "Significa che abbiamo due ore e mezza da perdere."

Gli altri gemettero.

"Meglio se diamo il cambio a Tweedy e Ramon" disse Shapiro, sporgendosi oltre il bancone per raggiungere una mezza bottiglia di whisky sullo scaffale. Sorridendo tirò fuori il tappo con i denti, sputò via il sughero e bevve un sorso. Sospirando, studiò il liquido all'interno della bottiglia prima di lanciare uno sguardo verso gli altri. "Digli di entrare."

Mentre uno degli uomini eseguiva i suoi ordini, Shapiro si girò e si appoggiò al bancone, con gli occhi chiusi. Due ore e mezza...

Un altro uomo entrò dalla porta posteriore, ancora in camicia da notte. Diede un'occhiata a Shapiro e rimase a bocca aperta. "Signori", cominciò, avvicinandosi, "non siamo abituati..."

"Prendi il caffè e basta", disse Shapiro con voce annoiata senza guardare l'uomo, "altrimenti vi ammazzo tutti e do fuoco a questa vecchia baracca puzzolente."

L'uomo, decidendo sensatamente di non discutere, scomparve senza dire una parola nella stanza sul retro.

Le porte ad ali di pipistrello si aprirono, gli altri entrarono, strofinandosi vivacemente. "Fa un freddo cane là fuori!"

"Scaldatevi al fuoco, ragazzi", disse Shapiro, prendendo un altro bicchiere, "abbiamo un sacco di tempo."

"Fuori c'è un silenzio di tomba", disse uno di loro, spostandosi verso il bruciatore a legna più vicino, con le mani tese.

"Proprio come piace a me", disse Shapiro e chiuse gli occhi ancora una volta.

Spingendo il vecchietto fuori dalla porta posteriore, il proprietario sussurrò: "Vai a dire a Roose che sono qui."

"Ti ricordi cosa dire, vero Lawrence?"

"Certo che sì. Via, è il momento!"

Il vecchio se ne andò alla velocità di una vecchia tartaruga consumata. Lawrence sospirò profondamente prima di tornare dentro e mettersi a preparare il caffè.

Buttò fuori il corpo dello sconosciuto armato sapendo che, non appena si fossero sentiti abbastanza sicuri, gli avvoltoi si sarebbero occupati di lui. Naturalmente, si prese più tempo con Julia, lavò via il sangue e le pettinò persino i capelli prima di stenderla sul letto. Chinandosi vicino, la baciò dolcemente – cosa che non aveva mai fatto quando era viva – e la coprì con una coperta. Poi entrò nella stanza e fece del suo meglio per riordinare, pulendo il sangue, che quasi gli rivoltava lo stomaco. Forse si addormentò per un'ora, ma si svegliò presto, nonostante le articolazioni doloranti e le lacrime che gli bruciavano gli occhi. Costretto a rompere il ghiaccio che si era formato sulla superficie della bacinella, si gettò dell'acqua sul viso e si sentì un po' rinvigorito. Niente, però, poteva cancellare l'immagine del cadavere di Julia, immagini che semplicemente non andavano via.

Uscì di nuovo fuori, fece alcuni respiri profondi prima di sganciare il calesse. Portò sia il pony che il cavallo dell'uomo morto nel recinto per unirsi agli altri. Al suo ritorno, dopo aver dato la priorità alla sepoltura di Julia, avrebbe portato gli animali nella stalla dove avrebbero potuto passare le notti fredde.

La normalità, lo sapeva, sarebbe tornata presto.

Insieme alla solitudine.

Poco dopo, con il mattino che avanzava, cavalcò via senza sapere cosa aspettarsi, solo che presto Nolan e i suoi uomini sarebbero arrivati e avrebbero tentato di rapinare la banca. Roose avrebbe fatto il suo lavoro, di questo Cole era sicuro, e non poteva impedirsi di sorridere al pensiero di quello che sarebbe successo.

Il forte schiocco del coperchio dell'orologio da tavolo che si chiudeva li fece sobbalzare tutti. "Sono appena passate le nove."

Shapiro, che stava sonnecchiando nell'angolo più lontano accanto al bruciatore a legna, si mise a sedere, sbadigliò e si stiracchiò a fondo. Automaticamente prese la bottiglia di whisky che stava sul pavimento accanto a lui. Finita la bottiglia, si alzò in piedi, roteò le spalle alleviando i crampi. Guardò il barista che sistemava bicchieri e bottiglie dietro il bancone e si mise a camminare mentre i suoi uomini controllavano le armi per l'ennesima volta. Si guardò la mano destra, l'indice e il pollice deformati. Li piegò e li stese, trasalendo leggermente. "Sei sicuro che Cole non sia nei paraggi?"

Il barista si voltò, con la faccia seria. "Come ho detto, si vocifera che si sia fatto ammazzare nella sua ultima spedizione contro alcuni Apache."

"E Roose?"

"È stata una brutta faccenda, e lo sceriffo è fuori a indagare adesso. Al ranch di Cole. È partito ieri sera tardi e non è tornato."

"Brutta in che senso?"

"La donna è venuta qui come una gallina spaventata, urlando che c'era stata una rissa nella capanna e che avevano sparato a Roose. Non so altro."

"Che coincidenza."

"Coincidenza o no, credo che sia la verità."

"Se si rivela una sciocchezza", disse Shapiro, sporgendosi oltre il bancone e afferrando il barista per il colletto, "torno a prenderti, *amigo*."

Le guance dell'uomo tremarono mentre balbettava: "Ti sto dicendo quello che mi è stato riferito".

Con un forte spintone, Shapiro lasciò andare l'uomo e si voltò verso la sua banda. "Tenete gli occhi ben aperti, ragazzi. Colpiamo la banca, forti e rapidi."

Tutti lo seguirono mentre usciva.

Il vento gelido li colpì tutti all'istante. Tirandosi su il colletto , Shapiro uscì sulla Main Street, con la testa che si muoveva a destra e a sinistra. Non c'era nessuno. Non un'anima. Nemmeno un cavallo. Doveva essere il freddo, non poteva esserci altra ragione per cui questo posto fosse diventato improvvisamente poco più di una città fantasma.

Se solo Shapiro ci avesse riflettuto avrebbe capito che c'era una semplice ragione. Sterling Roose, se non l'architetto, l'esecutore del piano, stava nelle stalle, nell'ombra, a guardare la banda passare. Avrebbe potuto colpire, abbatterli in un lampo, ma Cole, che era arrivato a cavallo poco meno di un'ora prima, gli tenne il braccio e scosse la testa. "Aspetta", fu tutto quello che disse.

Così fecero, digrignando i denti, con la rabbia che ribolliva alla vista dell'arrogante spavalderia della banda.

"Quanti ne hai contati?" chiese Roose.

"Sei. Ce ne sarà un settimo al saloon, con i cavalli. Li porterà alla banca non appena inizierà la sparatoria." Tirò un respiro profondo, preoccupato. "Ma Nolan non c'è."

"Questo mi preoccupa. Potrebbe essere in attesa da qualche parte, come riserva."

"Come leader, sarebbe stato lì, proprio davanti. Altrimenti non sarebbero stati qui a seguire gli ordini."

"Allora, cosa stai dicendo? Che Nolan non è il loro leader?"

"Credo che sia quello davanti. L'ho già visto da qualche parte, ma non riesco a ripescare il ricordo dalla mia mente... Ha qualcosa di particolare, una prestanza. È il loro capo, ne sono sicuro."

"E Nolan? Dov'è?"

Una luce accecante si accese immediatamente negli occhi di Roose e girando la faccia verso Cole pronunciò a denti stretti: "Julia!."

Roose si mosse, ma Cole lo afferrò e lo tirò indietro nell'ombra. "Non essere sciocco! Se ti vedono, capiranno che è una trappola e se ne andranno come se i segugi dell'inferno li stessero inseguendo."

"Ma non possiamo semplicemente..."

"Prima finiamo qui", disse Cole, stringendo la presa. Non aveva ancora raccontato a Roose l'orrore di ciò che era successo al ranch, sapendo che il suo vecchio amico sarebbe già corso a vedere di persona. Doveva convincerlo che tutto andava bene. "Nolan se n'è andato, Sterling."

"Non puoi esserne sicuro."

"Cosa ci guadagnerebbe a far del male a Julia?" Dovette voltarsi perché nuove lacrime minacciavano di sgorgare. "Forza, mettiamoci in posizione e facciamo questa cosa."

Si precipitarono attraverso la porta principale, con i Winchester pronti, coprendo tutto l'interno della banca.

"Ma che...?"

Nient'altro che uno spazio freddo e vuoto ad attenderli. Nessun cassiere, nessun cliente. Al bancone dove si sarebbero seduti i commessi, le sedie aspettavano vuote, le carte impilate, le matite appuntite e pronte. Ma nessuno impegnato a lavorare.

Uno della banda scavalcò il bancone, sfondò la porta dell'ufficio del direttore e rimase in piedi, respirando a fatica. Dando le spalle a tutti, ansimò: "Non c'è nessuno qui."

Un altro, sollevando il portello questa volta, si diresse verso la massiccia cassaforte dipinta di verde e gemette. "Capo, è aperta." Si voltò, con il viso pallido e le labbra tremolanti. "È stata ripulita."

Un tremendo pulsare cresceva nelle orecchie di Shapiro, si allontanò di scatto portandosi le mani ai lati del viso. "No, no, no", sbottò, non voleva credere a niente di tutto ciò, sperava che una volta aperti gli occhi, si sarebbe ritrovato al nascondiglio, tutto un sogno. Un incubo.

"Capo, in nome di Dio, cosa facciamo?"

Alzando il viso per incontrare tutti i suoi compagni terrorizzati, Shapiro raccolse le forze lentamente, superando l'incredulità e il terrore. "Nolan. Ha fatto il doppio gioco, ha avvertito la città." Entrambe le mani si alzarono, stringendo i pugni. "Gli strapperò i polmoni. *I suoi polmoni!*"

Camminando verso la porta, come un toro in carica

e fuori controllo, si buttò fuori nel freddo, ignorandolo, a malapena cosciente di quanto fosse tranquilla la strada. Più che tranquilla. Deserta. Agitando furiosamente le braccia, fece segno al suo uomo al saloon, ruggendo a squarciagola: *"Porta i cavalli!"*

Attraverso una foschia scintillante di odio, credette di vedere qualcosa. Qualcosa che non doveva essere lì, non in quel momento, non in quel luogo morto e sterile. Anche mentre i suoi uomini si riversavano intorno a lui, non riusciva ancora a crederci. Finché la visione non fu così vicina da non poterla ignorare.

"Tu", riuscì, la sua voce non era altro che una pioggerella di qualcosa di cui non voleva più far parte. Sconfitta.

Davanti a lui, la visione si fermò, disinvolta, distaccata, quasi come se fosse la cosa più naturale del mondo che lui fosse lì. Perché era un "lui."

"Ciao Shapiro", disse Cole.

Uscendo da dietro il lato più lontano della banca, Roose teneva in mano un fucile a canne mozze, il Remington nella fondina e un altro nella cintura. Era contento di avere tanta potenza di fuoco, perché anche i rapinatori della banca erano ben equipaggiati. Erano tutti rivolti verso Cole, ignari che Roose fosse alle loro spalle. Una volta iniziata la sparatoria, se avessero scelto di non deporre le loro armi da fuoco, sarebbe stata una grande sorpresa per tutti loro.

Cole stava parlando con voce calma, come sempre. "Ragazzi, mettete tutti giù le pistole e mettete le mani sulla testa. Non c'è niente per voi qui, quindi fatela finita ora finché è tutto a posto."

Come risposta ricevette un'enorme e beffarda risata da Shapiro che, anche se con voce tremante, fece capire che era così indifferente a vedere Cole lì come lo sarebbe stato a trovare un uccello che volava sopra di lui durante una passeggiata in campagna. "E così parla il signor Reuben Cole. Ragazzi, questo è il grande esploratore dell'esercito, l'uomo che mi ha tolto la libertà e che ho giurato di uccidere."

"L'unica persona che ti ha tolto la libertà sei stato tu."

"Ah, sì, lo diresti, vero Cole, per mascherare la tua disonestà. Che fine hanno fatto i soldi che abbiamo preso da quella banca, eh Cole? Dove sono finiti?"

Spostando il suo peso sulla gamba sinistra, Cole si accigliò. "È stato restituito. Come sempre."

"Sai che non è vero. E ora questa banca, vuota. Chi è stato, mi chiedo?"

"Tu parli troppo."

"Ah, ho toccato un nervo scoperto, eh? Beh, non preoccuparti. Siamo in sei, amico mio. Siete voi che dovete gettare le armi. Poi saremo solo io e te." I suoi denti lampeggiarono in un brutto ghigno.

Mentre i suoi uomini si tendevano e si preparavano, una voce irruppe da dietro di loro. "Io ci andrei piano, ragazzi", disse Roose.

Un improvviso cambiamento d'umore si abbatté sulla banda, un'incertezza carica di paura. Gli uomini girarono la testa e, rendendosi conto che le probabilità erano ora pari, si agitarono e brontolarono.

Shapiro rispose rapidamente, la sua voce tesa dalla tensione. "Pronti a sparare, ragazzi. Fate attenzione e tenetevi pronti."

"Arrenditi", disse Cole. "Non posso permetterti di lasciar perdere."

"Tu non sei un uomo di legge, Cole. Non hai alcuna autorità."

"Lui no", disse Roose, "ma io sì, e ho tutta l'autorità necessaria. Sono lo sceriffo in carica e vi ordino di gettare le armi."

Esitando, i membri della banda si guardarono l'un l'altro. "Cosa facciamo, capo?" chiese uno di loro.

"Vi porteremo dentro", continuò Cole, "e quelli di voi che non sono ricercati li lasceremo andare di nuovo. È meglio che morire, ragazzi."

"Sei tu che morirai se non ci lasci partire", disse Shapiro, agitando di nuovo il braccio verso l'uomo con i cavalli fuori dal saloon. "Ci incontreremo di nuovo, Cole."

"No. Non lo faremo. Sei un ricercato, Shapiro. La taglia dice mille, vivo o *morto*. Non sono un cacciatore di taglie, ma non posso negare che quella somma mi farebbe stare molto comodo per un bel po'."

"Morirei prima io."

Un piccolo sorriso attraversò la bocca di Cole. Fece un cenno verso la mano di Shapiro che penzolava accanto alla sua pistola nella fondina. "Sembra che tu abbia fatto pratica."

"Hai distrutto la mia mano destra, è vero, ma ho avuto anni per imparare a fare altrettanto bene con la sinistra. Lo scoprirai presto."

"Hai scelto tu."

Shapiro ce la fece, lanciandosi alla sua destra e cadendo a terra in un rotolo mentre il suo fucile si alzava nella mano sinistra, la pistola sputava fumo. Dietro di lui, anche i suoi uomini presero le loro pistole e quando Cole si allontanò, Roose aprì il fuoco, colpendo due degli uomini con il fucile da caccia, mandandoli a terra urlanti. Sventolando il fucile mentre i proiettili riempivano l'aria, Cole ne colpì altri due. Arrivò alla passerella e si accovacciò dietro un gruppo di barili impilati adiacenti al negozio di merci. Estrasse la sua seconda pistola e sparò a intervalli regolari contro la banda che si muoveva a tentoni, sparando all'impazzata. Uno andò giù, colpito al petto. Roose lo raggiunse, lasciò il fucile da caccia, entrambe le mani piene delle sue Remington.

Nel frattempo, tra tutto il fumo e il rumore, Shapiro

attraversò di corsa la strada, segnalando come un pazzo l'arrivo del portatore di cavalli.

Dalla sua copertura, Cole osservava tutto. Il detentore del cavallo stava salendo a cavallo, con una fila di cavalli dietro di lui. Shapiro si mise in sella e sparò due o tre colpi in direzione di Cole, che andarono tutti irrimediabilmente a vuoto. Ignorandoli, Cole scattò in avanti e sparò ad altri due membri della banda, gettandoli in mucchi di sangue. Senza una pausa, raccolse uno dei Winchester caduti della banda. Mentre prendeva la mira, guardò in profondità il volto di Shapiro, quel sorriso irritante sulla faccia dell'uomo. Accanto a lui, Roose era a terra, aggrappato alla gamba. Non andava bene. C'erano altri ancora in piedi.

Un forte urlo di Shapiro fece scattare Cole che si girò, armeggiando freneticamente con il Winchester. Svuotò il fucile sui membri della banda ancora in piedi.

Un proiettile sfrecciò e lui cadde a terra, tirando fuori la sua ultima pistola carica ma sapendo che la distanza era troppa. Sparò comunque mentre Shapiro lottava per riportare il suo cavallo sotto controllo. Non stava vincendo, il cavallo era in preda a una frenesia folle, spaventato dalla vicinanza di così tanti proiettili. L'uomo accanto a lui se la passava meglio e mentre spingeva il suo cavallo al galoppo, Shapiro ruggiva per la frustrazione.

Dalla sua posizione, Cole aveva una chiara visuale della situazione. Sapeva che doveva prendere un altro Winchester e abbattere Shapiro.

Alla fine, non ne ebbe bisogno.

Dalla stretta fessura tra due edifici, il vecchio sceriffo Perdew uscì, con il fucile che tremava nelle mani troppo vecchie o troppo deboli per reggerlo. O forse era la paura. Comunque sia, riuscì a tirare su il fucile e svuotò entrambe le canne nel corpo di Shapiro, facendo saltare il capo della banda di lato sul suo cavallo. Una parte della scarica colpì l'animale, non mortalmente ma abbastanza da farlo imbizzarrire in modo incontrollabile. Shapiro, con un piede incastrato nella staffa, venne trascinato, il suo corpo si accasciò e rimbalzò lungo la strada per scomparire in lontananza.

Cole guardò, in preda all'orrore. Intorno a lui c'erano uomini che gemevano e sanguinavano, uno dei quali era Roose, che si teneva la gamba mentre il sangue gli scorreva tra le dita. Disperatamente, senza nemmeno darsi il tempo di alzarsi, Cole rotolò verso il suo amico e lo strinse forte. "Oh, buon Dio", disse.

"Sto bene", disse Roose, il suo viso bianco dal dolore. "Aiutami a fare un nodo, ferma l'emorragia più che puoi, poi chiama il dottore. Ma sbrigati, Cole, sbrigati."

Era una brutta ferita, da così vicino Cole poteva vedere quanto fosse brutta. Il suo stomaco si trasformò in poltiglia e si girò. Si girò, urlando a Perdew di chiamare il dottore, poi strappò il fazzoletto di Roose e applicò il laccio emostatico. Lo tirò più forte che poté, e il flusso di sangue diminuì. Un piccolo guizzo di speranza attraversò il corpo di Cole, ma il grigiore del volto dell'amico non cancellò la paura. Tutto quello che poteva fare ora era aspettare. E pregare.

Qualcosa di simile a un masso delle dimensioni di qualsiasi cosa si trovi nelle Montagne Rocciose premeva sul suo petto e lui non aveva più la forza di sollevarlo. Invece, Shapiro giaceva a terra, costringendosi a respirare, ogni inspirazione e ogni esalazione aumentavano il dolore.

Qualcosa bloccava il sole. Un'ombra, una figura, non riusciva a capire. Il dolore era l'unica cosa che percepiva. Non esisteva nient'altro.

"Sei messo male, capo", disse una voce. Sembrava molto lontana, ma chiarissima. "Non credo che supererai la prossima ora. Quel vecchio, ti ha già pagato il debito con il Signore."

Shapiro voleva parlare, ma dalla gola chiusa e secca non uscivano parole. Invece gemette, voleva dire a quest'uomo, che pensava fosse uno della sua banda, un uomo chiamato Tweedy, di portarlo via, seppellirlo, bruciarlo, qualsiasi cosa che impedisse a Cole di reclamare la taglia. L'ignominia finale.

"Io", disse Tweedy, guardando indietro verso la città, "ora ti finisco, capo. Porrò fine al dolore. Poi reclamerò la taglia. Nessuno mi riconoscerà quando ti porterò dentro, dirò che ti ho trovato nella pianura. Mi renderai ricco, capo. Questo è tutto quello che hai fatto per me, schifoso pezzo di sterco di cavallo." Sorrise e tirò fuori la pistola, avvolse il cappello intorno alla canna e lo premette contro la testa di Shapiro.

Shapiro voleva spostarsi, allontanarsi, tirare fuori la sua pistola, ma non c'era niente che potesse fare perché non c'era più niente, tranne il nero che lo inghiottiva tutto.

CAPITOLO TRENTUNO
DIARIO DI NOLAN

Mi ci volle molto tempo per trascinarmi fino all'entrata della vecchia miniera. Dentro faceva freddo, ma neanche lontanamente quanto fuori. Trovai una coperta logora, me la avvolsi intorno e cercai di dormire un po'.

Mi svegliai di soprassalto. Senza sapere che ora fosse, mi arrabattai, trovai un vecchio paio di pantaloni da lavoro e, indossandoli, uscii. Il sole era accecante. Un nuovo giorno. Là dove mi avevano legato a quell'albero, c'era il corpo dell'uomo che ho ucciso e, una decina di passi più in là, tre avvoltoi dall'aria gracile, con gli occhi fuori dalle orbite. Avevano appena cominciato a sbranare il cadavere, e mi guardavano con vero odio per aver disturbato la loro colazione.

Ignorandoli, riesco a prendere i miei vestiti e a tirarli su, ansimando mentre il dolore mi attraversa la schiena. Mi sento come se la mia schiena fosse un'unica ferita aperta, carne squarciata da un enorme pezzo di carta vetrata da falegname. Mi è difficile far passare le braccia attraverso le maniche della camicia, ancora peggio attraverso un cappotto spesso, alcune delle croste sulle ferite si aprono, il sangue filtra attraverso. Se mai incontrerò di nuovo Shapiro, gliela farò pagare lentamente.

La pistola del morto giace dove l'ho lasciata cadere. Mi metto la cintura della pistola intorno alla vita, controllo il cilindro e metto delle cartucce nuove per sostituire quelle usate.

Il mio piano è semplice: cavalcare fino al ranch di Cole, spiegare a Julia quello che dovevo fare, convincerla in qualche modo che ormai nulla ci ostacola, e scendere in Messico per una nuova vita. Mi ero tormentato con l'idea di confondere tutti e andare a nord, su per l'Oregon e forse in Canada. Vorrei vedere cosa ne pensa Julia. Ma ovunque andremo a finire, ora so che questo è il mio futuro. Mi ha detto che Cole le ha dato una casa, un tetto, un posto dove riposare, ma non molto altro. Aveva perso così tanto nella sua vita e io ero qui per dare un senso a tutto questo. Un nuovo inizio. Forse un figlio, dei bambini.

Dopo aver trovato dei biscotti di mais stantii da sgranocchiare, ho preparato il mio cavallo e sono uscito. Ogni passo mi mandava un tornado di agonia nella schiena. Sapevo che se non avessi lavato e curato le lacerazioni, si sarebbero infettate. Forse Julia mi avrebbe aiutato. Mi aveva aiutato per tante altre cose.

Stavo bene, nonostante il dolore. Qualche fiocco di neve mi lambiva il viso e mi piaceva il modo in cui la mia pelle si raffreddava al loro tocco. Un piccolo graffio di preoccupazione si fece sentire. Forse la mia carne calda era il primo segno di febbre. Allora abbassai la testa e spinsi il mio cavallo al galoppo, facendo del mio meglio per liberare la mente da quelle visioni da incubo.

Qualche ora più tardi, tengo a freno il mio cavallo e guardo giù verso il ranch. Tutto sembra a posto, tranne qualche altro avvoltoio che vola sopra di me. Lo attribuisco al cattivo odore che esce dalle mie ferite. Devono essere infette, penso.

Avvicinandomi alla piccola casa, vedo qual è la vera ragione, e tiro su con forza.

C'è un corpo. È nero e gonfio e gli uccelli se ne

stanno cibando. Scendo da cavallo e tiro fuori la pistola. Non c'è altro suono se non quello degli uccelli che litigano tra di loro per la parte migliore.

Do una mezza occhiata al carro di Julia. Il pony non c'è, ma questo non mi preoccupa. Deve averlo portato nella stalla vicina a causa del freddo gelido della notte. Il pensiero mi ricorda quanto sia scesa la temperatura, anche durante le ore di luce, stringo il cappotto intorno a me e mi dirigo verso la porta.

L'odore mi colpisce in fondo alla gola e ho un conato di vomito. Riconosco quell'odore. È inconfondibile, ma mi costringo ad andare avanti. Non c'è niente nella piccola stanza d'ingresso, nessun segno di lotta o di qualcosa di insolito. Mi dirigo verso la porta che conduce alla camera da letto, la stanza in cui ci siamo scoperti l'un l'altra, e mi fermo a fissare incredulo, il mio mondo che precipita in un posto orribile, pieno di dolore, angoscia e disperazione.

È sdraiata sul letto, una coperta sul suo corpo, le braccia come bastoni di legno sbiancato drappeggiate sopra, la carne del suo viso di un orribile verde pallido.

Julia. Morta.

Cado in ginocchio e le lacrime mi scendono sulle guance. Non riesco a trattenerle. Se n'è andata e non so come. Per momenti, forse ore, rimango così, non osando credere che tutto quello che volevo, tutto quello che ho *sempre* voluto se ne sia andato.

Trovando il coraggio, vado da lei e prendo una di quelle mani, la porto alle labbra e la bacio. Lei è così fredda. Più fredda di tutto quello che ho sopportato durante la mia cavalcata o la terribile notte in miniera. Questa è una freddezza al di là della vita, qualcosa che non si desidera mai sperimentare. Il suo viso, infossato che conserva ancora quella bellezza cruda e naturale che ho tanto amato, appare tranquillo. Mi siedo sul bordo del letto, con la sua mano nella mia, e piango di nuovo.

Poi la guardo più attentamente. C'è un buco nel suo

collo, nero, irregolare. Un foro di proiettile, ma che qualcuno ha pulito. Perché qualcuno l'avrebbe uccisa e poi adagiata nel letto con tanta riverenza? Non ha senso per me e più ci penso, più semplicemente non mi interessa.

Come in un sogno, lascio quel luogo orribile. La saluto con un semplice bacio sulla fronte. Ignorando il freddo della neve che ora cade molto più pesantemente, vado nella stalla. Lì, sicuramente, c'è il pony, insieme agli altri cavalli. Agendo automaticamente, senza pensiero cosciente, li conduco tutti nel piccolo recinto, chiudo il cancello e li guardo scalciare e correre. Dovrei dar loro da mangiare, mi dico, ma questo compito può aspettare che lo faccia qualcun altro. Quello che devo fare ora non può.

Nel fienile trovo della corda. Non mi ci vuole molto per costruire un cappio. I miei anni di lavoro in vari ranch mi hanno insegnato bene. Non mi interessa più chi ha messo fine alla mia vita, o perché. So solo che Julia se n'è andata e con lei se ne sono andate anche tutte le ragioni per continuare. Per non tornare mai più.

Ho preso tempo per scribacchiare queste ultime parole nella speranza che chiunque legga questo miserabile diario possa almeno capire cosa ho fatto. Ho commesso degli errori e ho tanti rimpianti, ma la mia vita è ormai finita. Senza Julia non c'è niente. Solo questo ultimo addio.

CAPITOLO TRENTADUE

LA FINE

Cole si trovava all'ingresso. Si era chiesto chi avesse riportato i cavalli nel recinto e ora lo sapeva.

Il corpo oscillava come un pendolo, la corda scricchiolava sotto il peso e ricordava il modo in cui il corpo del capitano Fleming si muoveva allo stesso modo. Nessun sentimento lo attraversò. Ora aveva freddo. Freddo come l'inverno.

Dopo che il dottore ebbe rattoppato Roose, il vecchio amico di Cole insisté per andare al ranch, così Cole prese in prestito il calesse del dottore. Entrambi erano lì, a fissare. Cole aveva mostrato a Roose il corpo di Julia e Roose aveva pianto come un bambino. Cole non aveva mai conosciuto la profondità dei sentimenti del suo vecchio amico. Un altro motivo per ritirarsi da questo mondo.

"Lo tirerai giù?"

Cole guardò di sbieco il suo vecchio amico. "Preferirei che rimanesse lì a marcire."

"Sì, ma sai che non puoi farlo."

"Immagino di no."

Il silenzio si estendeva tra loro. Nessuno dei due si mosse. Roose ondeggiava, la sua gamba ferita era legata e qualcuno, forse il dottore, gli aveva dato un bastone su cui poggiarsi. Qualcosa per terra, un libro sottile, il mozzicone di una matita accanto, attirò la sua attenzione. "Che cos'è?"

Cole lo prese e lo sfogliò. "C'è scritto qualcosa. Un diario forse." Guardò verso Nolan. "Deve averlo scritto lui."

"Forse è una confessione?"

"Potrebbe essere."

Entrambi fissarono il corpo appeso lì, finché finalmente Roose parlò. "Allora, vuoi tirarlo giù?"

Emettendo un lungo sospiro, le spalle di Cole si abbassarono. "Dobbiamo prima seppellire Julia."

"Qui, al ranch?"

Cole annuì.

Più di un'ora dopo erano in piedi davanti alla tomba, una semplice croce segnava il punto. Roose disse qualcosa, ma entrambi sapevano che le parole non sarebbero mai state abbastanza.

"Dimenticheremo questo dolore col tempo", disse Roose, rimettendosi il cappello, con l'unico braccio libero, a causa del bastone su cui si appoggiava, non ci riuscì. Allungando la mano, Cole aiutò il suo vecchio amico.

"Un giorno", disse Cole.

"Sì. Un giorno." Alzò la testa e fissò il campo. "Mi candiderò come sceriffo. I miei giorni da esploratore sono finiti, Cole. Ho bisogno di sistemarmi, di fare un lavoro che mi dia soddisfazione."

"Credo che sia una buona idea, Sterling." Un altro sospiro. Pesante questa volta, quasi un rantolo, come se riuscisse a malapena a tenersi sotto controllo. "Anch'io, in un certo senso. Mi ritiro, Sterling. Niente più esercito per me. Troppe morti, ne ho la nausea."

Roose annuì. Capiva fin troppo bene quanto questi ultimi eventi li avessero cambiati entrambi. "Cosa farai con il ranch, ora che..." crollò di nuovo, infilandosi indice e pollice negli occhi mentre faceva del suo meglio per controllare il dolore che lo consumava.

Cole mise il braccio attorno al suo amico e fissò la croce con il nome di Julia. 'Il nostro vero amore', disse, 'non c'è più, ma sarà sempre qui'.

"Vendo tutto e mi trasferisco a casa di mio padre. È malato, ha bisogno di cure. Inoltre, lì c'è più terra per gli animali che abbiamo."

Inspirando forte, Roose si passò il dorso della mano libera sul naso. "Cole, non pensare di fare qualcosa di stupido mentre ti agiti in quella grande e vecchia casa. Non voglio che tu faccia quello che ha fatto Nolan."

La faccia di Cole si incrinò in qualcosa di simile a un sorriso. Si girò e guardò in lontananza. Gli uccelli si libravano sul luogo in cui i due ex esploratori dell'esercito avevano gettato il cadavere di Nolan. Nessuno dei due voleva seppellirlo, così gli avvoltoi banchettarono di nuovo. "Ho sempre fatto cose stupide, Sterling. Ma ora non più. Ho chiuso."

Insieme guardarono in silenzio la tomba di Julia. In poco tempo, il sole tramontò all'orizzonte, l'aria diventò più fredda che mai, ma loro rimasero lì a guardare.

Fine

Caro lettore,

Speriamo che leggere *Giorni Difficili* ti sia piaciuto. Per favore, prenditi un attimo per lasciare una recensione, anche breve. La tua opinione è molto importante.

Saluti

Stuart G. Yates e il team Next Chapter

Giorni Difficili
ISBN: 978-4-82415-127-8
Tascabile in edizione economica

Pubblicato da
Next Chapter
2-5-6 SANNO
SANNO BRIDGE
143-0023 Ota-Ku, Tokyo
+818035793528

20 settembre 2022

9 784824 151278